U0036132

魔豆

魔豆

春秋異聞

卷五
迷走屋

醉琉璃
——著

目錄

楔子

「補光燈、三角架、手電筒、電擊棒……很好，完美！」方澄澄刷的一聲拉上背包拉鍊，再將單眼相機掛到脖子上，看了看鏡中的自己，精神抖擻、全副武裝……好吧，其實也就是T恤、外套加牛仔褲，大幅度地減少肌膚裸露而已。現在的太陽那麼毒辣，不把自己包緊緊怎麼可以呢？

方澄澄左右轉了轉頭，只有髮梢染成橘色的馬尾也跟著晃呀晃的，甩出俐落的弧線。將自己從頭到腳再檢查一遍，確認沒有任何疏漏之後，她興致高昂地走出房間，來到一樓大廳，卻發現櫃台後不見人影。

「人呢？」方澄澄納悶地挑了下眉，飛快環視廳內一圈，接著目光定格在某處。她唇角一勾，三步併作兩步地走到窗邊拉開紗窗，將腦袋探出去，朝正在庭園打掃的中年女人喊了一聲。

「阿好姨。」

穿著整潔、頭髮燙成小捲的中年女子停下掃地的動作，抬起頭，在看到方澄澄那張帶笑的靚麗臉龐時，也跟著露出笑容。

「澄澄啊，又要出去拍照了嗎？」阿好姨視線落在掛在方澄澄胸前的相機上。

「對啊，阿好姨也來一張吧。」方澄澄笑咪咪地舉起相機。

「不用啦。」阿好姨一看到鏡頭對準自己，頓時緊張得連手腳都不知道該怎麼擺了，忙不迭連連推拒，「我一個歐巴桑沒什麼好拍的。」

「沒關係啦，就一張。」方澄澄眼明手快，喀嚓一聲，將對方身影捕捉下來，「等照片洗出來，我再寄來旅館給妳。」

「妳喔。」阿好姨板起臉想要假裝生氣，但看著方澄澄調皮吐舌頭的模樣，臉上就繃不住，笑著對她擺擺手，「去吧、去吧，都下午了，妳再不把握時間出去拍照，太陽就要下山了。」

「我今天的目的很明確，就是鎮外的森林。」方澄澄並不在意自己出門的時間晚了，況且她還巴不得天色早點兒暗下來呢，這樣拍出來的相片才格外有氣氛。

「鎮外的森林？」阿好姨眉頭先是微皺一下，很快又舒展開來。

「森林有什麼不對嗎？」方澄澄眼尖地將對方的神色變化收在眼中。

「不，森林沒什麼問題，就是……」阿好姨欲言又止。

「就是什麼？」方澄澄的好奇心頓時被吊了起來，眼巴巴地瞅著她不放，「是不是跟那棟房子有關？」

「澄澄，妳怎麼……」阿好姨話說到一半就發現她的詢問是多此一舉，「妳已經去過森林了？」

「嗯啊，昨天去的。」方澄澄並不覺得這件事有什麼不可說的，坦率地承認，隨即又興沖沖地問道：「阿好姨，那棟屋子應該沒人住吧，我看外面長了一堆雜草，好幾扇玻璃窗都有裂痕。」

「唉。」阿好姨嘆了一口氣，「那棟屋子已經荒廢好幾年了。」

「果然！」方澄澄眼睛一亮，同時心底暗暗歡呼一聲。

阿好姨就像是察覺到她的想法，面色嚴肅地吩咐，「屋子雖然已經荒廢了，但那裡是私人產業，澄澄妳可不要跑進去拍照。」

「我不會的啦。」方澄澄擺出最誠摯的笑臉，口頭上打包票，但被窗台遮住的雙手卻悄悄在底下打了個叉。

又與阿好姨閒聊幾句後，她才帶著從對方那邊打探來的廢屋資訊，心滿意足地離開旅館。

方澄澄的探索目標是一棟坐落在森林裡的房子。她昨天曾到林中晃晃，想要尋找一些可以拍出好照片的場景，沒想到卻意外發現那棟有著黑色屋頂、白色牆壁的三層樓建築物。

遠遠看去，鋪在屋頂上的一片片黑瓦就像魚鱗般錯落有致，但或許是已被廢棄太久，有些瓦片碎裂了，以至於少了原本的優雅感，多了幾分荒涼。

但也就是這種破敗的美感深深吸引了方澄澄，讓她打定主意今天一定要偷偷溜進去拍照，就算待到晚上也無所謂。

橙華鎮民風淳樸，治安又好……雖說好幾年前發生了那件事，不過除此之外，沒再聽說任何案件，平平和和直到現在。

「運氣太不好了……」方澄澄想著阿好姨告訴自己的事，忍不住喃喃低語，手指下意識地摸向口袋。

踏出旅館前，她還是將小巧的電擊棒換了個位置，改放到口袋裡，有個防身的東西在，心裡也踏實些。

或許是口袋裡硬實的東西帶來安全感，也或許是從葉隙落下的陽光太溫暖，將綠色系的景物都鍍上一層暖融的光，方澄澄很快就把疑慮拋在腦後，興匆匆地加快腳步往前走。

方澄澄所在的這座森林離小鎮約莫五百多公尺，是個不遠也不近的距離，就算天色晚了，也還是可以隱約看到鎮上的點點燈火。

憑著昨日的印象，方澄澄沒有花費太多工夫就找到她從昨天開始便心心念念的屋子。

即使屋外遍生雜草，白牆斑剝，就連窗戶也積著灰塵，玻璃霧濛濛的，卻依舊無損方澄澄的興奮。她情緒高昂地拿起相機，繞著屋子尋找滿意的角度，拍了一張又一張。

黑頂白牆襯著周邊生機蓬勃的綠意，非但不會讓人感到陰森森，反而有種遺世獨立的美。

再加上已經確認這是一棟空屋，平時根本不會有人接近，方澄澄拍得更是起勁，喀嚓喀嚓的聲音不絕於耳。

好在她還記得今日之行最主要的目的是進到屋裡取景，又拍了張恰好覆蓋住玻璃窗裂口、細緻繁複的蛛網照片後，她才意猶未盡地回到屋子前方。

「呼！」方澄澄鼻尖滲出汗水，臉頰有些微紅，但一雙眼睛卻亮晶晶的。她看著緊閉的黑色大門，一邊做好了可能得要撬開門鎖的心理準備，一邊試探性地伸出手握住門把。

順利壓下的門把伴隨著咿呀一聲，讓方澄澄眸子瞪得更大了，簡直不敢相信自己的好運氣。

如果不是從屋裡湧出來的霉味嗆得她連連打了好幾個噴嚏，她說不定還會傻愣愣地站在門口發呆。

方澄澄捂著鼻子將大門一口氣拉開，讓長期充滿潮濕空氣的屋子通個風，再退到一旁好好呼吸一下新鮮空氣。

約莫十分鐘後，她才小心翼翼地接近大門，往裡頭嗅了嗅，霉味當然不可能才這麼短的時間就退去，但那股又潮又悶的氣息至少散了一些。

爲預防萬一，方澄澄還拿出口罩戴上，以免廢墟照還沒拍完，就先被屋裡的氣味刺激得眼淚鼻涕直流。

她攏攏掛在肩上的兩條背帶，帶著滿腔興奮與一顆好奇的心踏入屋裡。

一進門就是寬敞的客廳，擺設其中的家具都被白布蓋住了，只不過時間久了，那些布也變得髒兮兮的。往左邊看去，是一個半開放式的廚房，利用中島將一樓的空間做出區隔；右邊則是一條向內延伸的走廊，因爲角度關係，一時無法確認長短。

方澄澄走路習慣往左偏，遇到岔路時，也習慣往左走，因此她最先探索的地方就是左邊的廚房。

一開始，她以爲廚房就是個長條形的空間，但繞過中島往裡走之後，她才發現廚房呈L形，底端有一扇後門，她乾脆將它打開，好讓這棟屋子更通風。

扭開水龍頭，沒有水；按下電燈開關，頭頂上的日光燈自然沒有發出亮晃晃的光線。方澄澄吐吐舌頭，暗笑自己傻了，這屋子都荒廢好幾年了，屋子的主人又遭遇那樣的事，被斷水斷電是理所當然的。

她在廚房裡轉了幾圈，相機不離手地捕捉感興趣的畫面，可能是鏽跡斑斑的水龍頭，可能是蓋著一層厚灰的桌椅，或是打開廚櫃，讓幽深的空間與窗外照進來的陽光形成強烈對比。

在廚房取完景後，方澄澄又回到了客廳，她將那些白布拉下來，堆到角落，然後尋找著自己滿意的角度。有些時候爲了拍低視角的照片，她還會直接跪在地上，一點兒也不在意牛仔褲被弄得髒兮兮的，只爲了將自己認爲最完美的畫面攝入鏡頭。

方澄澄簡直像是被蠱惑般在屋子一樓轉來轉去，右邊的走廊理所當然也沒有放過，不過相較於客廳與廚房，她在這處拍得少了一些，畢竟打開走廊上的每扇門，都是擺設一模一樣的客房，少了幾分趣味性。

但在看完走廊上的全部房間後，她又忍不住回到最靠近客廳的那間客房，走進裡頭轉了一圈。

「奇怪，怎麼覺得這間特別小？」方澄澄納悶地退出來，看看客廳，再看看第二間客房，實在想不出個所以然，也就放棄再糾結這個問題了。

時間一分一秒地流逝，陽光漸漸西斜，由燦金的顏色轉爲瑰麗的橘紅色，然後那些繽紛的色彩又慢慢暈散開來，從窗戶望出去，外邊景物就像是一張曝光過度的相片，朦朦朧朧。

黃昏終於降臨。

方澄澄站在二樓樓梯口，在數量繁多的廢墟照中只拍了幾張人物照，還是對著鏡子拍下舉起單眼相機、遮住大半臉孔的自己。

就在她抬腳要往樓上走時，一道渾厚滯悶的聲音忽地無預警響起。

噹——

噹——

噹——

先是第一聲，然後是第二聲、第三聲……直到第六聲的餘音幽幽迴盪在屋內，這陣敲擊聲才終於完全停歇下來。

打從聲音出現時，方澄澄就維持著腦袋向上抬的姿勢，就算聲音停歇，也沒有鬆懈下來。而且，她表情僵硬，眼睛裡也閃爍著驚疑不定。

方澄澄所在的樓梯口，牆壁上掛著一面大大的鏡子，約莫一個人那麼高；而鏡子上方則懸著一座木製搖擺鐘，方才鐘聲響起時，那根金色擺錘也跟著有規律地晃擺起來。

先前方澄澄只顧著拍照，根本沒注意時鐘的指針有沒有在走動，就算在心裡告訴自己「只是鐘聲，沒什麼好在意的」，但依常理而言，這棟屋子已被荒廢了那麼久，沒水沒電，又有誰會有那個閒情逸致幫時鐘換裝新電池呢？

方澄澄嚥了嚥口水，從外套裡拿出手機，點開螢幕，眼角飛快一瞥。現在的時間正好六點整，與剛才鐘聲次數相呼應。

明明窗外夕陽餘暉依舊清晰可見，屋內的能見度沒有受到太大影響，但莫名地，方澄澄就像是被潑了一盆冰水，高漲的興奮之情驟然退得一乾二淨，取而代之的是一股說不清、道不明的不安感。

她甚至連上樓一探究竟的欲望都沒有了。

「離開……對，先離開這裡再說。」方澄澄強迫自己收回瞪著搖擺鐘的視線。

鐘聲過後，擺錘也跟著停下了，一長一短的時針與分針則是安靜地各自停在數字六與十二的位置，細長的秒針則絲毫不動。

這個時間點在暗示什麼，方澄澄無從推論，也不想花心思去分析，她只聽見腦中有個聲音在對她大喊：快離開，妳這個蠢貨！

啊，這一定是她的直覺在警告了。方澄澄匆匆轉過身，但也僅僅轉過身而已，她的雙腳就像被兩根木樁釘在地板上一樣，無法動彈。

有兩個孩子站在樓梯上。

小男孩與小女孩手牽著手，正仰起小臉蛋對著方澄澄露出笑容。

那是一抹古怪不帶人氣的笑容，就像是嘴角被兩根手指輕輕拉動，而不得不彎起弧度。

小男孩與小女孩約莫七、八歲大，有著一模一樣的外表，但是那兩雙大大的眼睛裡卻沒有一丁點兒白色，純粹的濃黑佔據眼裡所有空間。

那不是人類會擁有的眼睛。

方澄澄臉上血色盡失，就連嘴唇也在瞬間變得蒼白乾燥，從手指到腳趾都在哆嗦，如同秋日裡的落葉被風吹得搖搖欲墜。

「大姊姊，歡迎來到我們的家。」小女孩細聲細氣地說道。

「祐祐也歡迎妳，妳是祐祐醒來看到的第一個客人呢。」小男孩的嘴巴咧得更開了，笑嘻嘻地開口，這讓他的笑容不再像是黏在臉上一樣，多了幾分活潑。

方澄澄見過雙胞胎，也知道他們長相相似的程度可以如同一個模子印出來，但是、但是，她就是無法控制自己的視線溜向那名小男孩，盯得越久，越有種不諧調與違和感……

「大姊姊爲什麼要一直盯著祐祐看呢？」小男孩歪了下頭。

稚氣的聲音頓地讓方澄澄打了個激靈，驚恐地發現在她走神的刹那，雙方距離變得更加接近了，只差一級階梯便可碰觸到彼此。

「你們……」她試著從打顫的牙關擠出話來，「你們是誰？爲什麼……會在這裡？」

「大姊姊，妳眞奇怪。」小女孩咯咯笑道，「我剛剛不是說過了，這是我們的家啊。」

「可是，我、我聽別人說……這裡的主人是一個鋼琴老師……」方澄澄努力撫平聲音裡的哆嗦，讓話語清晰可聞。

「是媽媽，我媽媽就是鋼琴老師，她會彈好多好多的歌！」

小男孩開心的回答讓方澄澄臉色反而變得更加慘白，她不敢置信地看著對方，無法控制地倒抽一口氣。

「是彈好多好多的曲子。」小女孩糾正，「歌才是用唱的。」

「是這樣嗎？」小男孩懵懵懂懂地問。

趁兩個小孩子嘰嘰喳喳地你一言、我一語，方澄澄咬著嘴唇，命令自己冷靜下來，悄悄將一隻手從背帶裡抽出，再讓另一邊的帶子滑下肩膀，落入手裡。

她抓著背包的背帶，手指鬆開又握緊，一連幾次後，終於豁出去地將背包往小孩子方向甩過去。

「呀啊！」小女孩發出尖叫，下意識鬆開手往旁邊一閃。

小男孩反應較慢，被背包砸到了肩膀，瘦小的身子在樓梯上搖搖晃晃，像是下一秒就會往下栽倒。

方澄澄根本顧不上那個孩子會不會跌下樓，她滿腦子只有「跑！快跑！」的念頭，她奮力擺動著雙手與雙腳，從來沒有像這一刻這樣希望自己是個田徑選手，好能在短短幾秒內可以衝出屋子。

不過沒關係，她快要抵達門口了，再幾步、再幾步……方澄澄的眼裡充滿渴望，迫不及待地伸出手——

砰！

大門就像是被看不見的手用力推動，當著方澄澄的面重重關上，就連窗簾也刷的一聲往中間拉攏，轉眼間，原本還一片亮堂的客廳變得陰陰暗暗，空氣似乎跟著泛出一層冷意。

方澄澄一個收勢不及，狼狽地撞上硬邦邦的門板，巨大的撞擊聲聽得讓人牙酸，但她似乎感受不到疼痛，只是急迫地伸出手。

門把被她轉得喀喀作響，可是不管方澄澄用了多大的力氣，大門就像是被焊住似的，紋風不動。

「怎麼會這樣？怎麼會這樣！」她不敢置信地看著毫無反應的大門，握住門把的手抖得更加厲害，背部被冷汗浸得一片濕涼。

不，她要冷靜，一定還有辦法逃出去的……對了，後門，還有後門！方澄澄眼裡又燃出希望的光芒，拔腿就往廚房方向衝。

可是下一秒，這點微弱的光就消失了。

沒有中島，沒有廚房，客廳的左側只看得見一堵灰色的水泥牆。

「這不可能……」方澄澄的雙手在牆壁上摸著、敲著，觸手的感覺堅硬冰冷，沒有半點兒空洞的聲音傳出。

「這不可能……」她又喃喃地說了一遍，眼神茫然中帶著絕望。一個多小時前，她明明還在廚房拍照的。

「爲什麼不可能呢？」尖尖細細的小女孩嗓音貼在她耳邊響起，冰冷的氣息噴拂過肌膚，激起一陣顫慄。

方澄澄渾身僵硬，只覺自己像掉進冰窟裡，血液都要被凍結了。

「這是我的屋子，我要它少一個房間就少一個房間，多一面牆壁就多一面牆壁。」小女孩用著分享祕密般的語氣說道，兩隻蒼白的小手從後方輕輕搭上方澄澄的肩膀，在對方發出短促的驚叫時，突然將她往前一推。

這瞬間，水泥牆壁如同失去了硬度，變得像布又像水，透出一種奇異的柔軟感，隨著方澄澄身子的前傾而不斷往內凹，直到她整個人完全陷進牆壁。

那聲驚叫終究停止了。

水泥牆又恢復了先前的平滑堅實，無聲地縮進地板裡，露出後面的中島還有廚房。

「姊姊，那個大姊姊呢？」小男孩扶著歪掉的脖子，慢吞吞地從樓梯上走下來，看著空無一人的客廳，好奇問道。

「變成我的養分啦。」小女孩發出咕嘰咕嘰的笑聲。

小男孩就像覺得有趣似的，也跟著笑了。

小女孩往前吹了口氣，就見白色的布自動蓋住家具；地上的灰塵緩緩湧動，淹沒了方澄澄之前踩出的鞋印，僅剩下落在樓梯的黑色背包證明這個地方曾經有人造訪過。

但很快地，這個背包就以肉眼可見的速度沉入了樓梯裡。

方澄澄的痕跡被抹消得一乾二淨，就好似她從來沒有來過。

「接下來呢？」小男孩問，「姊姊要幫祐祐實現願望了嗎？」

「接下來，」小女孩以歌唱般的聲調宣告，「等媽媽回來之後，祐祐就可以報仇了。」

第一章

略顯高亢的電話鈴聲劃破了白日的寧靜，在屋子裡製造出回音。沒過多久，啪噠啪噠的腳步聲就在走廊上響起。

只見有著及背黑髮、白色肌膚的小女孩跑到電話前，拿起話筒放到耳朵旁。

「你好，這裡是夏家。」

當鈴聲因爲話筒被拿起而中斷的同時，夏春秋也匆匆推開廁所門，瞧見小女孩認眞地講著電話，頓時鬆了口氣。

他走到妹妹身邊，輕揉了揉她的頭髮，引得那張蒼白小臉抬起，對著他綻出一抹安靜的笑，無聲地吐出幾個字。

「哥哥，是小易。」

夏蘿口中的小易，全名左易，現年十六歲，和夏春秋唸同一所高中，住同一間寢室。只不過夏春秋對於這名個性桀驁不馴的室友，通常是能保持距離就保持距離。畢竟入住宿舍的第二天，夏春秋就目睹左易因爲起床氣將鬧鐘砸向門板的畫面。

看著妹妹專注聽著話筒另一端的聲音，夏春秋將客廳空間留給她，自己則轉身往二樓走去。

他與妹妹所住的這棟兩層樓建築物，是小姑姑夏舒雁的房子。如果這個時間點沒有在客廳或是廚房看到夏舒雁，就只有一種可能，她還沒有起床。

夏春秋在經過夏舒雁的房間時，因爲房門半掩，他稍稍往裡頭看了一眼，發現對方果然正以一種非常豪邁的姿勢躺在床上呼呼大睡。

夏春秋輕手輕腳地替她關上房門，再回到自己房間，只不過他剛走進去，放在床頭櫃上的手機就嗡嗡嗡地震動起來，緊隨在後的是響亮鈴聲炸響。

擔心吵醒夏舒雁，夏春秋急忙抓起手機、按下通話鍵。

才剛對著手機「喂」了一聲，就聽見一道溫和的聲音不疾不緩地響起。

「春秋，是我，再一個多小時我就會到綠野村了。」

「咦咦咦？爸，你不是說要我們中午到車站跟你會合嗎？怎麼突然要來綠野村？」夏春秋疑惑問道。

「想說直接來接你們比較快，順便可以看看舒雁。」夏舒桐解釋他臨時改變主意的原因，「舒雁在工作嗎？」

「小姑姑在睡覺。」夏春秋如實回答。

「那你去把她叫起來。」

「可是……」夏春秋有些猶豫，不好意思去打擾還沒睡醒的夏舒雁，她在週末時總會睡得格外地晚。

「沒關係，舒雁沒有起床氣，就算她今天剛好有了起床氣，你就跟她說這是她大哥的命令，妹妹本來就該聽哥哥的話。」夏舒桐義正辭嚴地說，「做大哥的特地來看她，她怎麼可以睡覺呢？」

夏春秋一時間都不知道該如何接話了。

「知道了嗎，春秋？」夏舒桐再次跟兒子確認。

「知、知道了……」夏春秋吶吶地應允下來，只希望小姑姑如父親所說，沒有可怕的起床氣。

「對了。」

下一秒，夏舒桐帶著疑問的聲音在手機裡響起。

「樓下在講電話的人是小蘿嗎？我剛剛打了好幾次都是通話中……春秋，你知道她在跟誰講電話嗎？是男生還是女生？」

「呃……」夏春秋瞧著天花板的圖案，思索著該不該告訴父親，其實夏蘿是在和自己的室友講電話。

同一時間，綠野宿舍的一〇四寢也響起了手機鈴聲。

正在上網的左容瞥了手機螢幕一眼，上頭顯示的來電名稱是「父親」。

她接起電話，還沒有開口，另一端就已先響起一道慈藹敦厚的男性嗓音。

「阿容啊，阿易是不是在講手機，不然怎麼都打不通？」

左容抬起細長淡漠的眼，望向坐在上鋪的雙胞胎弟弟。有著一張俊美臉孔及張狂紅髮的左易正靠著床頭，一向凌厲如獸的眼此時卻帶著笑，多了幾分柔和。

「嗯，左易正在講電話。」她淡淡說道，隨即主動詢問父親這通電話的用意，「爸，有什麼事需要幫忙嗎？」

「呵呵，阿容妳眞聰明。」左書樓誇獎一聲，溫和的語氣實在很難讓人聯想到他是左容、左易的父親。

畢竟在綠野高中裡，冷漠不主動與人親近的左容，以及傲慢、自我中心的左易，個性都是極端的強烈；而最讓人印象深刻的，是這兩人都有著一張好看得過分的臉龐。

手機另一端的左書樓笑了一會兒，隨即才不好意思地開口：「老實說，我覺得我好像迷路了。」

「咦？」左容愣了一下，充滿英氣的眉毛忍不住挑起，「你迷路了？」

略揚的聲音讓上鋪的左易探出身子，遞去一記詢問的眼神，左容示意他先稍安勿躁。

「爸，你知道你在哪裡嗎？」

「喔喔，我在橙華鎮！我之前不是有跟你們說過嗎，要去那邊調查鎮裡流傳的習俗。阿容妳知道嗎，傳說以前的橙華鎮，半夜是不可以看鏡子的。」

「我現在知道了。」左容以稍嫌冷淡的語氣回答，接著便將話題又繞了回來，「只有你一人去橙華鎮嗎？」

「我還帶著四個學生一起去，他們還滿聽話的……不過李律那小子一到鎮上就開始搭訕女孩子，眞是讓人傷腦筋啊。還有巧依，那個孩子自從看過阿易的照片，就一直吵著想要見他。」

「他們現在跟在你身邊嗎？」左容飛快截斷父親滔滔不絕的閒聊。

「沒有耶……」左書樓的聲音頓了一下，隨即有些苦惱地說道，「因爲那幾個孩子對橙華鎮充滿好奇，所以我就讓他們先自由行動，我自己則是隨處走走。」

「附近有什麼地標或是路牌嗎？」左容繼續採取一問一答的方式。

「我只看到很多很多的樹……啊，該不會我闖進了被詛咒的森林之類的地方吧？」

左容眉頭微不可察地擰起，顯然對於父親跳躍性的發言感到傷腦筋。

「爸，你有打給他們嗎？你的學生。」

「當然有，不過不是沒接就是關機。」左書樓嘆了好大一口氣，「偏偏我的手機也快沒電了，都在嗶嗶叫了。」

聽到這句話，左容眉間皺紋更深了，抓緊時間問道：「爸，你是從哪裡進去那座森林的？」

「啊，就是在橙華鎮的——」

「不要過來。」

一道模糊如同電子音合成的平板嗓音，突地從手機裡傳出來，帶著沙沙的聲響，蓋過了左書樓的句子。

左容神色一凜，尖銳地質問，「誰在說話？」

但是，那道分不出是男是女、如同電子合成的嗓音卻倏地消失，緊接著響起的，則是左書樓充滿困惑的詢問。

「阿容啊，妳在說什麼傻話，妳不是在跟我說話嗎……啊！我看到前面出現一棟大房子，我進去看看好了——」

左容還來不及做出任何回應，手機裡就再也聽不見左書樓的聲音了。

「怎麼回事？」已結束通話的左易從上鋪跳下，一雙凌厲細長的眼注視著雙胞胎姊姊。

「爸迷路了，手機裡出現另一個人的聲音，事情有古怪。」左容簡略交代事情大概，充滿英氣的眉頭皺得緊緊的。

「搞什麼鬼。」左易嘖的一聲，「他明明不是路痴的。」

「所以，」左容緩緩鬆開了眉，語調平靜地說道，「我們得去橙華鎮一趟。」

下午時分，屬於夏天的灼熱陽光從蔚藍天空直射而下，彷彿連柏油路面都被蒸騰起絲絲熱氣，將前方景象微微地扭曲了。

從計程車下來的左容與左易站在路邊，沒有立即行動，而是先站在原處環視周遭一圈。古樸的街道兩旁多是庭園式住宅，其中錯落著民宿與商店，觀光客雖然不少，但卻不會顯得特別吵鬧，充斥著悠閒的氛圍，讓人不自覺放鬆心情。

而這裡之所以被命名為橙華鎮，是因爲小鎮旁邊環繞著一大片射干。每到夏季，綻放的橙色花朵被風一吹動，就像是橙色的波浪海一般。

就在左容與左易觀察周邊景物的時候，不少人也在偷偷打量他們。先不說左易那一頭搶眼的紅髮，光是那張俊美得過分的臉孔，就已經在路過的女孩子之間引起興奮的竊竊私語。

而左容的回頭率也不遑多讓，面無表情的端正臉孔、高挑的身形，與一頭束起的長長馬尾，同樣讓人驚艷不已。

左容就像是沒有察覺他人的目光，或者說根本沒有放在心上，從背包裡拿出旅遊手冊，翻到小鎮地圖那一頁。

「爸給的訊息太籠統了，我們先找到他住的民宿，再詢問那四個跟他一起來的學生。我們分兩邊走，我右你左。」

左易不置可否地點點頭，雙手插在口袋裡，姿勢看起來既不馴又狂妄。

「幸好春秋沒來。」突如其來地，左容沒頭沒尾地說了這句話。在提到這個名字時，淡漠的眼神也軟了軟。

「啊？」左易挑了挑眉，對於她的發言感到莫名其妙。

「今天很熱，這裡沒什麼遮蔽物，他會中暑吧。」左容喃喃說道，想起了少年容易中暑的體質，然後唇角不禁彎了一下。

「神經病。」左易沒好氣地睇了一眼，就算面對自己的雙胞胎姊姊，他也毫不客氣，「沒事想到那個小矮子做什麼。」

左容很快又恢復淡然的模樣，視線微微一掃，隨即在街角處停下來。

「啊，是小蘿。」她嗓音平靜，不帶波瀾的語氣卻偏偏引得左易神色一怔，反射性看過去。

然後，左容就像什麼事都沒發生一樣，冷淡地說出這句話。

「抱歉，我看錯了。」

一聽就知道，左容的道歉毫無誠意。

左易看了巷口，又看向面無表情的左容，忍不住咂了下嘴，順道甩去一記不爽的眼神。

「我右妳左。」他哼了聲，自顧自就要往右走。

「我右你左。」左容反對，繼續堅持最初的意見。

雖然聽起來是相同的四個字，但意思卻截然不同。

「右邊的路線我已經背下來了，走左邊我會迷路。」左容臉不紅氣不喘地說出理由。事實上，認識左容的人都知道，她的方向感十分好。

「聽妳放屁。」左易撇了撇嘴，絲毫不認爲左容會迷路。

就在兩姊弟爲了無聊的小事陷入眼神角力時，對面便利商店門口，一名膚色白皙、有著褐色短鬈髮的俏麗女孩正驚喜地睁大眼，發出了興奮的叫喊。

「是左易耶！」

認識的人？左容無聲地以眼神詢問。

鬼才認識她。左易嫌惡地擰起眉，神色並沒有因爲女孩嬌俏的外表而軟化絲毫，甚至變得更加冷漠。

女孩就像是沒有發現左易拒人於千里之外的態度，興匆匆地跑過來，在兩人身前站定後，伸手就想拉左易的衣角。

這突如其來的動作讓左易眼神一厲，粗暴地將女孩揮開。毫無防備之下，對方頓時狼狽地跌坐在地，原先興奮的表情瞬間僵在臉上，愕然地瞪大眼。

「喂！你幹嘛推人！」

一道氣急敗壞的男聲緊接響起。

只見便利商店裡又走出三個人，其中一個體型魁梧的青年在瞧見女孩被推倒在地之後，立即氣得漲紅了臉，大步往他們走去。

比魁梧青年慢了幾步的是一男一女。女子有著一頭黑色長直髮，外貌清秀；男子則是有著一張俊俏的臉孔，不過兩人注視左易的眼神都充滿敵意。

很顯然，這三人是被推倒的女孩的同伴。

理著小平頭的魁梧青年一邊瞪著左易，一邊扶起女孩，關切地問道：「巧依，妳有沒有事？」

「屁股好痛……」被喚作巧依的女孩眼裡轉著淚花，委屈地低下頭，看著沾上灰塵的洋裝。

聽見女孩可憐兮兮的聲音，魁梧青年只覺心中像是有一把火在燒，氣不過地就要扯住左易的衣領。只不過手才伸到一半，左容卻已面無表情地箝住他的手腕，那強勁的力道竟讓青年掙脫不開。

「推人是他的錯，不過你的朋友失禮在先。」

被左容那雙沉靜眼眸一掃，女孩俏麗的臉孔先是一紅，隨即振振有辭地反駁，「人家才沒有失禮呢！我只是想看看左易而已！」

女孩說出的人名讓三人一怔，三雙眼睛看了看染著紅髮的左易，再看向紮馬尾的左容。

「你……呃，妳……該不會就是左容了吧？」相貌俊俏的男子張口結舌，手指比向左容。

「嗯。」左容簡短地回應一聲，同時鬆開魁梧青年的手腕。沒有主動詢問對方為什麼也認識她，而是耐心地等待答案。

「那我大概可以推敲出事情的原委了。」黑長髮女子露出苦笑，看向同伴的眼神中流露出一絲傷腦筋，「一定是巧依妳太興奮了，結果嚇到左易對吧？他才會不小心把妳推倒。」

除了推斷出事情的來龍去脈，她也說得極有技巧，將左易的動手歸咎於意外。

不過在瞧見左易桀驁不馴的眼神，以及左容沉淡無波的視線之後，她像是察覺到什麼，尷尬地刮刮臉頰，「抱歉抱歉，都忘了自我介紹一下，嚇到你們眞不好意思。來，巧依，妳先開始吧。」

「我是宋巧依。」俏麗女孩害羞地吐了吐舌。

「……陳庭勳。」魁梧青年依舊滿臉不悅，顯然對左易的行爲還無法釋懷。

「李律，請多指教。」相貌俊俏的男子撥了撥劉海，微笑地露出一口潔白牙齒。

「我是卓蘭。」黑長髮女子輕笑地說，「我們是書樓老師的學生，民俗學系四年級。」

左書樓，左容與左易的父親，在大學擔任副教授，專長科目是民俗學。在聽聞橙華鎭流傳的習俗後，昨天便興致盎然地帶領四個學生前來調查。

只是，當左容問起父親的下落時，卓蘭卻露出一臉茫然的表情。

「老師說他要在鎭裡隨意走走，所以我們就分開行動了……電話？咦？老師有打電話給我們嗎？」她急忙從口袋裡掏出手機，「未接電話三通……糟糕，我之前把手機調成震動了。」

宋巧依與李律也連忙拿出手機檢查，只有陳庭勳沒有動作。

在面對卓蘭探詢的視線時，他兩手一攤，沒好氣地說道：「我手機忘了帶。」

「啊！人家的手機竟然沒電了！」宋巧依低呼一聲，「討厭，這樣就不能偷偷拍幾張左易的照片了。」

後半句子她說得極爲小聲，卻還是被陳庭勳聽了去。只見那張粗獷臉孔瞬間泛出一抹不甘心，看向左易的眼神更增添一份敵意。

「我也漏接老師的電話了。」李律嘆了口氣，將手機塞回口袋裡。接著，就像是覺得好奇地詢問：「不過你們怎麼會突然來這裡找老師？」

「我接到他的電話，他說他迷路了。」左容語調平靜。對於不了解她的卓蘭等人來說，只覺得她冷淡得不像是一個做女兒該有的態度。

「老師他……應該不是路痴吧？」李律困惑地說，宋巧依在一旁贊同地點點頭。

「不然這樣吧。」卓蘭輕拍了下手，將大家的注意力拉到她身上，「左容跟左易應該還沒有找到住的地方吧？」她的視線遞向了左氏姊弟帶著的簡易行李，「先到我們住的民宿辦入住，然後我們再來討論該如何找到老師。」

左容和左易對視一眼，隨即左容點了點頭，表示同意。

瞧見這兩人沒有反對，卓蘭也鬆了口氣；而宋巧依更是開心地勾著卓蘭手臂，送給她一個甜美的笑臉。

「蘭蘭，妳最好了。」

「我可不是爲了妳啊。」卓蘭笑著戳戳她的額頭，自然看穿了好友對於左易抱有極大的好感。

在卓蘭、宋巧依領路下，一群人很快就來到了他們暫居的民宿。那是一棟精巧的庭園式建築，周遭種植著一簇簇頂端綻開著橙色小花的植物。

「那是射干。」李律撥了撥劉海，微笑地介紹，「把它晒乾後可以拿來當中藥喔。」

「啊啊，阿律又在賣弄了。」宋巧依小小聲地和卓蘭咬耳朵，「明明他昨天連射干是什麼都不知道。」

左容掃過那些分枝的花梗，淡淡說道：「射干，乾燥後的莖可以拿來當中藥，具有消炎、鎮痛、解熱等作用，對治療扁桃腺跟止咳很有用。」

「呃……」李律神色一僵，原本想要賣弄知識博取好感，沒想到對方卻比他更了解。陳庭勳毫不客氣地露出了嘲諷的笑容，「活該，踢到鐵板了吧。」

「哎呀呀，越有難度的女生越會激起我的挑戰心。」李律整了整表情，咧著嘴，壓低嗓音湊在陳庭勳耳邊說話，「兄弟，你幫我的話，我就幫你。你不是對巧依很有好感嗎？」

陳庭勳偷偷覷著前方嬌笑的宋巧依，不能否認，他對於那位俏麗甜美的女同學抱持著朋友以上的感覺，但是……

他又回頭看了左易一眼，那張狂妄俊美的臉龐讓他打從心底感到嫉妒，那是宋巧依最喜歡的類型。

彷彿察覺到陳庭勳的注視，左易嘲諷地睨了他一眼，頓時刺激得對方忍不住捏起拳頭，只想打掉左易臉上的傲慢。

眼尖的卓蘭注意到這邊的氣氛，立即頂著一張笑臉將左容和左易帶到櫃台前。

左容很快就辦好了入住手續，朝左易使了個眼色，兩人將陳庭勳四人留在大廳，逕自上樓。

「不是說要一起討論老師的行蹤嗎？」宋巧依眨巴著一雙美眸，拉了拉卓蘭的衣角，顯然很在意左易的離去。

「笨巧依。」卓蘭笑著敲了一下她的頭，「妳總得要讓他們先放行李吧。我已經跟左容說好了，待會在我們房裡集合。」

「那還等什麼，蘭蘭，我們快點回房去……哇啊，人家的衣服要趕快整理一下，都亂丟在床上。」宋巧依興奮地一把拽住卓蘭，急急忙忙想要趕快回房。

李律見狀，聳了聳肩膀，慢條斯理地跟在兩人身後。

陳庭勳雖然覺得不是滋味，但這是難得可以光明正大進入女生房間的大好時機，他自然不願放棄，只好臭著一張臉追上前面三人的腳步。

很快地，左容兩人就來到民宿四樓標有四〇一號碼的房間，而隔壁的四〇二則是李律、陳庭勳的房間，再隔壁的四〇三是左書樓的房間，但他現在迷路在外，房內自然空蕩蕩的。

民宿客房的布置大同小異，一張雙人床、梳妝台、衣櫃、小圓桌、兩張椅子，以及電視，就是全部的擺設了。

宋巧依和卓蘭坐在床沿，李律與陳庭勳各拉了一張椅子坐下，最後進房的左容、左易靠著牆，就算宋巧依笑容甜美地拍拍床，示意他們可以坐這裡，卻沒有人移動步伐。

左容與左易周身就像有一層無形屏障，不主動靠近人，也不願意讓人親近。

「那麼，我們先來整理一下老師的狀況吧。」

最先開口的是李律，他的膝蓋上放著一台筆電，據說這是爲了尋找左書樓蹤跡，特地帶來宋巧依她們的房間。

「左容妹妹說……」李律才剛說出這句話，就被一道無起伏的嗓音打斷。

「請叫我左容。」

「呃，好。」李律有點困窘，他原本想藉由稱呼來拉近關係的，「左容說，她接到老師的電話，老師是在一個有很多樹的地方迷路，對吧？」

左容點點頭。

左易則像是覺得這場對話極爲無趣，一臉不耐煩。

「很多樹的地方……是森林吧。」卓蘭思索地眯起眼，食指無意識地摸著嘴唇，這是她陷入思考時的慣有小動作，「森林應該是在鎮外。」

「阿勳，你要不要問一下你朋友？在便利商店打工的那個。」宋巧依提議。

「你是橙華鎮的人？」左容遞去一記探詢的眼神。

或許是因爲知曉了左容的性別，再加上她的態度雖然淡漠，卻比左易的狂妄還能讓人接受，因此陳庭勳並沒有充耳不聞，反而將事情大略交代一遍。

陳庭勳國中時曾搬來橙華鎭，住了兩年左右，又因爲父親調職的關係搬走了。而左容、左易先前看到的便利商店，就是陳庭勳國中好友打工的地方。

「在打電話之前，我想先問一下。」左容看了拿出手機的陳庭勳一眼，接著目光又移向其他三人，「我爸是幾點與你們分開的？」

「好像是十點吧。」李律不太確定地說，「還是十點半？」

「是十點。」卓蘭肯定地回答，「我有聽到鐘聲。」

「你們是在哪邊分開的？橙華鎭邊緣還是鎭中心？」左容又問。

「我們是在公園那邊分開的。」卓蘭給出明確的答案。

左容看了下旅遊手冊的地圖，公園的確是在小鎭中央。面對四名大學生不解又困惑的眼神，她淡淡解釋：「我是十點四十分接到父親的電話，從公園走到鎭外約莫十分鐘，但是他可能會在街上或店家逗留，到鎭外時應該花了二十分鐘到半小時。」

她看向陳庭勳，「要請你問一下你朋友，有沒有哪座森林離橙華鎭邊緣只要走十分鐘左右就能抵達。」

「沒問題，我問一下阿甘。」陳庭勳在手機通訊錄翻找一下，很快就找到對方的號碼。

「喂喂，阿甘，是我啦，阿勳……啊？不能在上班的時候打電話給你……老朋友了，你就不要計較那麼多啦！問你喔，你知道哪邊有森林？」

陳庭勳絲毫沒有拐彎抹角，直接拋出問題。

「鎮外跟後山？你有講跟沒講一樣。地址啦！有沒有比較詳細的路名或路標？從橙華鎮邊緣走出去只要十分鐘左右可以到的地方。」

陳庭勳手機另一端停頓了下，隨即才像是不甘不願地報出幾個路名。在陳庭勳複誦的同時，李律已將這些路名輸進電腦裡。

「還有沒有類似的地方？」陳庭勳繼續追問，但是與他通話的國中朋友似乎沒有直接回答，反倒是問了他一個問題。

陳庭勳濃眉擰起，音量微微拉高，「……七年前發生什麼事？阿呆喔，七年前就是我搬家那時候啦！」

這個小小的插曲並沒有被其他人放在心上，甚至連陳庭勳都沒好氣地掛斷了電話。

宋巧依皺皺俏鼻，瞄了陳庭勳一眼，接著，她好奇地湊到李律身邊，才發現他使用的程式，竟然可以將輸入地址附近的景物顯現出來。

「咦？好神奇喔！」宋巧依驚呼一聲，「為什麼可以看到這些景物？」

「妳不知道這東西才讓我感到神奇。」李律用同樣吃驚的眼神看著她，「妳從來沒有用過地圖嗎？」

「人家平時都有人載，要地圖幹嘛。」宋巧依理直氣壯地說。

「眞拿妳沒辦法。」李律手指在筆電的觸控鍵上輕輕移動，將陳庭勳問到的那些地址一一找出來，「這是google地球，它們有街景車負責拍下照片，然後再上傳。只要我輸入的地址周遭有被街景車拍到的話，就可以選擇那些圖片來看了……這些地方都有很多樹，不過要判斷老師是跑到哪裡去，還是有點難度。」

「他還看到一棟大房子，說要進去看看。」左容回想起那通電話結束前捕捉到的隻字片語。

「大房子啊……」李律手指靈巧地移動，將搜索軟體上列出的地方做了個篩選。很快地，他就找到一張森林俯瞰圖，在一片茂盛的綠色中，黑色的一截屋角格外顯眼。

將那張圖片點擊放大，李律示意眾人圍上來，並且詢問陳庭勳對這個地方是否有印象。

離開橙華鎮已經有七年多了，陳庭勳對這裡的記憶有些模糊，他盯著那張相片，努力回憶著，最後不確定地開口。

「我應該記得這裡，不過……」他停頓一下，隨即就像是在猶豫著要不要繼續說下去。

「不過什麼？」卓蘭好奇地挑高眉，對於這個脾氣一向衝動暴躁的同學現在卻吞吞吐吐的模樣，感到十分新鮮。

「我的直覺跟我說，這裡很危險。」

聽到這句話，房內突然陷入一片安靜。下一秒，李律不客氣地大笑起來，其中還參雜著宋巧依與卓蘭忍俊不住的笑聲。

「阿勳，你什麼時候變成第六感靈異少年了啊？」李律調侃，「待會去森林的時候，一定要你走最前面。這樣一有危險的話，我們才能立刻逃命。」

「逃個屁啊！」陳庭勳又羞又惱，對於自己莫名其妙說出那句話感到後悔萬分。

卓蘭和宋巧依顯然也不是什麼迷信的人，陳庭勳的發言只是讓她們覺得有趣而已，反倒是左容與左易無聲地交換了一個眼神。

第二章

整理出左書樓可能迷路的地點之後，一行人匆匆趕到橙華鎮外。

正如陳庭勳的同學所說，距離小鎮約五百公尺處有一座森林，但因爲不是熱門景點，也沒有那些橘色的射干可以欣賞，所以除了本地人之外，觀光客一般不會來到這裡。

雖然陽光炎熱，但這片森林卻顯得格外涼爽，枝葉蓊鬱，帶著土壤氣息的微風輕輕吹過，讓人瞬間忘了酷暑的悶燥感。

「這麼好的地方，橙華鎮幹嘛不開發出來？」李律饒有興致地打量起森林。

「誰知道。」陳庭勳顯然對這個話題沒有興趣，一接近這座森林他就覺得渾身不對勁，好像有誰的手在撓癢著背脊，讓他通體不舒服，「喂，一定要進去這個鬼地方嗎？」

「阿勳，你怎麼可以這樣說話。這麼漂亮的森林，你竟然說是鬼地方？」宋巧依詫異地睜圓了眼。

「我也覺得這座森林給人的感覺很舒服。」卓蘭淺淺一笑，忍不住又往前走幾步。

左易才懶得搭理李律四人，看也不看他們一眼，率先走進森林裡。他的步伐矯健卻又帶著一股優雅，從林間葉隙穿落的陽光照射在他一頭紅髮上，顯得閃閃發亮。

左容同樣不發一語地往前走，她與左易並肩而行，很快就與李律他們拉開一段距離。

「嘖，也太自我中心了吧。」陳庭勳不悅地皺眉，一張粗獷的臉孔更顯凶惡，顯然很不喜歡左容、左易的獨斷獨行。

「我們也跟上去吧。」卓蘭打著圓場，有意消弭陳庭勳對左氏姊弟的不滿，「他們一定是很擔心老師，才會想要急著進去森林。」

雖然很難看出左容、左易的情緒是否與擔心劃上等號，不過卓蘭的這番話卻也讓陳庭勳勉強止住抱怨。四個大學生連忙加緊腳步，循著左容兩人前進的方向追上去。

安靜的森林裡除了沙沙的風聲之外，偶爾還會響起幾聲清脆悠揚的鳥鳴。這裡如同遺世獨立般的存在，李律他們一路上竟完全沒有看到任何人跡。

藉由小徑上的鞋印又追了一小段路，走在最前頭的李律總算看見背對他們的左容兩人。

他原本要朝兩人大聲打招呼，但在看清坐落於左容他們前方的建築物之後，招呼聲頓時轉成了充滿訝異的驚呼。

「這房子也太破了吧？」李律咂舌，手指下意識地撥弄一下劉海。

順著李律的視線，陳庭勳、宋巧依、卓蘭也紛紛往前看去，一幢看起來已荒廢許久的屋子矗立在前，四周雜草叢生。

二、三樓的窗戶破了洞，玻璃還覆著灰塵，灰濛濛的。屋頂上則可望見一些細小植物從縫隙中竄冒出來。沒有任何燈光的三層樓建築物，就算在午後陽光的照耀下，還是給人一種荒涼寂寞的感覺。

宋巧依不自覺地搓了搓手臂，不知道爲什麼，她突然覺得有股涼意冒了出來。

「蘭蘭，這間房子好像很可怕耶。」她抓緊好友的手臂，亦步亦趨地跟著。

「除了破舊一點之外，應該還好吧。」卓蘭聳聳肩膀，好笑地看著如同無尾熊般黏著自己的宋巧依，忍不住促狹說道，「聽說房子的年紀大了，會擁有自己的意識喔。」

「呀啊！蘭蘭妳不要嚇我啦！」宋巧依把卓蘭的手臂捉得更緊了，一雙美眸瞥著那棟破敗屋子，越看越覺得陰森森的，好像有誰正在俯視著他們。

李律仰起頭，從斑剝的黑色屋頂到已經脫漆的白色牆壁大略掃視一遍，「左容，妳有發現什麼不對勁的地方嗎？」

同樣注視著房子的左容聞言，只簡短地拋出三個字，「不清楚。」

「總之，先喊看看老師吧。」陳庭動粗聲粗氣地插話，接近這座森林後，他的情緒更爲浮躁了。

還不等其他人做出反應，他已張口大喊，「老師——老師——你在不在裡面？」

粗嘎的嗓音劃破森林裡的寂靜，驚得原本停佇在樹梢的飛鳥振翅而起，也讓一時無防備的宋巧依、李律、卓蘭被他的大嗓門震得捂住耳朵。

「阿勳，你小聲一點啦！」宋巧依抗議，「這麼大聲，你是想要把死人也吵醒嗎？」

當那雙紅潤的嘴唇吐出「死人」兩字時，左易突地側過臉，冷冷瞥了她一眼，但那抹視線一閃而過，宋巧依並沒有發現。

左容睫毛低垂，像是在思索什麼，一會兒過後，逕自朝緊閉的黑色大門走去。

「啊，等等，左容！」李律連忙三步併作兩步地追上，伸手就想扯住左容的手腕，卻被對方俐落地避開。

抓了一個空的李律尷尬不已，但臉上仍是堆著笑容。

「妳一個人進去太危險了。而且妳年紀比較小，讓我們幾個年紀大的打前鋒比較好。對吧，阿勳？」李律邊說邊向離房子最遠的陳庭勳使了一個眼色。

被點名的魁梧青年不甘不願地點點頭。在宋巧依面前，就算他再如何不想接近這棟房子，還是要表現出男子氣概才行。

卓蘭與宋巧依則是挨得緊緊地湊上來，更正確一點說，是宋巧依抓著好友的手臂不放，整個人如同貼在她身上一般。

瞧著一夥人緊張兮兮的模樣，左易譏諷地揚了揚唇。

那高高在上的姿態讓李律也覺得不太舒服，但他還是維持著俊朗的笑，咧出一口白牙。

他一邊握上門把，一邊對左容好聲好氣地說道：「記得跟好我，不要亂跑。」

左容神色不動，反倒是左易似笑非笑地睨了她一眼，那神情就像在看一場鬧劇。

李律一口氣將門把轉到最底，出乎意料地，門並未上鎖，伴隨著咿呀一聲，大門應聲而開，帶著霉味的空氣頓時衝了出來，嗆得擠在門口的幾人不禁一陣猛咳。

「哇啊，好難聞！」負責開門的李律首當其衝，他捂著嘴鼻，反胃地咳了咳，但一瞥見左容依舊波瀾不驚的樣子，他連忙挺直背脊，放下捂住口鼻的手掌，撥了撥劉海，試圖露出從容的微笑。

「進去的時候，大家要小心一點，注意腳下。」將大門推至最底，他第一個走進屋裡。

左容是第二個進入的人，接下來是卓蘭、宋巧依，尾隨在她們身後的是陳庭勳，墊後的則是左易。

屋子裡比想像中的還要昏暗，但藉由從窗戶斜射而入的陽光，還是能清楚看出屋裡的情況。

李律他們此刻進入的地方是客廳，順著燦亮的光線，可以望見緊鄰在客廳左邊的廚房，而客廳右邊則是一條向內延伸的走廊。

屋子裡充滿潮濕的霉味，天花板上結著大片大片的蜘蛛網，覆蓋在家具上的白布更是鋪著一層厚厚的灰。

「房子有三樓，我們分組尋找老師的下落吧。」

李律認爲自己既然是第一個走進來的，那麼就該擔任起指揮者，他看了左容、左易，以及三名同學，開始分配起幾人的工作。

「爲了避免女生們遇到危險，一男一女的組合是最安全的。我跟左容，阿勳跟巧依，卓蘭跟左易。」

陳庭勳還來不及露出竊喜，就聽到宋巧依發出不滿的嬌嗔。

「爲什麼是蘭蘭跟左易？人家也想跟左易一起啊！」她鬆開抓著卓蘭的手，噘起紅潤的嘴唇，跺了跺腳。

卓蘭攤開雙手，表示她跟誰一組都無所謂。

李律對於這個狀況早有準備，他習慣性地露出一口白牙微笑，伸手揉揉宋巧依的頭髮，「巧依啊，妳能保證跟左易在一起的時候，可以認眞地尋找老師嗎？」

「當、當然可以！」宋巧依挺起胸膛，但嬌軟的聲音卻透出了心虛。她的目光忍不住滑向左易，隨即發出一聲低呼，「等等，你們要去哪裡？」

原來，就在李律分配小組的時候，左容、左易早已朝樓梯走去。

聽見宋巧依的詢問，左容淡淡地看了他們一眼，「去找我爸。」

「左、左容，妳應該是跟我一組才對的啊！」李律乾巴巴地開口。

「你以爲你是誰？」左易傲慢地挑高眉，咧出一抹嘲諷的笑。他的嗓音不馴並且狂妄，就像一頭高高睥睨著弱小生物的獸，「想命令我們，先秤秤自己有幾兩重吧。」

「左易。」左容遞去一記警告的視線，「收斂一點，先找到爸要緊。」

「嗤。」左易輕哼一聲，從眼神到表情雖然仍是桀驁不馴，卻也沒有再出言挑釁，而是一步跨上兩級樓梯。

很快地，他與左容就消失在眾人眼前。

被留在客廳的李律漲紅著臉，左易毫不客氣的尖銳言語讓他下不了台，只能惱羞成怒地捏著拳頭。

「媽的！第一次見到這麼白目的小鬼！喂，李律，我們乾脆不要找，直接離開算了。」陳庭勳同樣氣呼呼的，他梗著脖子，就像一隻被挑釁的公雞。

「咦？不行啦！這樣左易會把我們當膽小鬼耶。」宋巧依第一個出聲反對。

「他根本就不把我們放在眼裡！」陳庭勳越想越火大，嗓門也跟著大了起來，「那是什麼態度啊？老師人那麼好，哪可能生出這種惹人厭的死小鬼。說不定左易那傢伙根本是被撿來的！」

「阿勳！」卓蘭不贊同地輕喝一聲，「你這麼說太超過了。」

「可是……」陳庭勳不服氣地想反駁，但瞧見宋巧依鼓起腮幫子，正不滿地瞪著自己，只好將剩下的話全吞了下去。

「好了好了，現在老師的事比較重要，你們就理智一點吧。」卓蘭嘆了口氣，壓下揉太陽穴的衝動，主動走向李律，「我跟阿律一組，巧依跟阿勳一組。你們負責搜索二樓吧。」

卓蘭的分配沒有人反對，宋巧依乖巧地點點頭，一把拽住陳庭勳的袖子，示意對方趕緊上樓。

能和自己暗戀的女生同一組，陳庭勳高興都來不及了，方才的不快立即被這小小的喜悅沖得一乾二淨。

客廳裡現在只剩下李律和卓蘭。瞧著還陷入呆滯狀態的好友一眼，卓蘭沒好氣地推了他一把。

「帥哥，還不回神？你是要發呆到什麼時候。」

「啊，呃……」李律如同大夢初醒，吃驚地看著站在身前的卓蘭，「只剩下妳跟我？」

「不然呢？」卓蘭瞥了他一眼，像是安慰般拍拍他的背，「我說你啊，左容明明不是你喜歡的類型，幹嘛要一直去招惹對方呢？」

「哈哈……被妳發現了。」李律乾笑。在這個無話不談的好友面前，想要表現出帥氣的模樣根本白費工夫，因爲卓蘭會直接無視得很徹底。

「如果你只是爲了挑戰性跟新鮮感的話，我勸你還是放棄好了。」卓蘭一邊說，一邊向廚房移動。雖然在和李律交談，但她的注意力依舊謹慎地放在搜索四周上。

「爲什麼？」李律拋出疑問，他正留在客廳裡，將那些積著灰塵的白布一件件掀開來。

「只能說是女人的直覺。」卓蘭拉高嗓音回答，在流理台前蹲下身子，拉開底下的櫥櫃。

「喂喂，卓蘭，發生什麼事了？」李律急急忙忙跑進廚房，在見著癱坐在地上的卓蘭之後，趕緊將她扶起來。

「呀啊——」卓蘭驚慌失措地尖叫一聲，狼狽地跌坐在地。

一張蒼白的小臉正扭曲著嘴角，對她微笑。

「櫃、櫃子裡……」卓蘭緊閉著眼睛，手指顫顫地比向櫥櫃。

「櫃子？」李律讓卓蘭靠著自己，視線微微往下壓。櫃子裡黑壓壓的，什麼都沒有，

「櫃子怎麼了嗎？很正常啊。」

「咦？」卓蘭吃驚地睜開眼，抬頭看看李律困惑的神情，接著她深呼吸一口氣，小心翼翼地彎下身子，映入眼底的是空蕩蕩的櫥櫃。

「妳是恐怖片看太多，看到櫥櫃就聯想到有人躲在裡面，對不對？」李律好笑地拍拍她的頭，「現在是白天耶，怎麼可能有阿飄出現。」

「但是……」卓蘭不死心地蹲下來，將手臂往櫃子裡伸進去，空無一物的感覺讓她納悶地擰起眉毛，「怎麼可能，我明明有看到……」

「妳一定是在作夢啦。」李律咧著嘴笑。既然已經踏入廚房了，他乾脆隨同卓蘭一塊將這裡巡視一遍。

扭開的水龍頭滴不出水，瓦斯更不用說了。藤蔓從破掉的窗戶入侵進來，攀附在牆壁上，讓鋪著白磁磚的廚房增添一絲陰森感。

再往裡面走，才發現廚房其實是L形空間，底端有一扇後門，但是讓卓蘭與李律詫異的是，後門竟然是敞開的，隱隱可見兩串鞋印延伸出去……

宋巧依走著走著忽然停下腳步，詫異地揚起眉毛。

察覺到同學沒有跟上來，走在前面的陳庭勳連忙回頭，「怎麼了，巧依？」

「我剛剛好像聽到蘭蘭的聲音……」宋巧依困惑地歪著頭。

「有嗎？」陳庭勳側耳聽了一番，卻什麼聲音也沒聽見，「妳聽錯了吧？更何況有阿律在，不會有問題的。」

「唔嗯嗯，說得也對。」

宋巧依安心一笑，那甜美的笑靨看得陳庭勳心動不已，再次感謝起讓他跟宋巧依同組的卓蘭。

「老師，老師你在不在？」宋巧依將手掌圈成圓狀，放在嘴邊大喊，卻沒有任何回應。

他們打開一間又一間的房間查看，可是陳庭勳用力推開房門以後，房間裡卻總是空無一人，只飄出濃濃的霉味。

「眞是奇怪，老師到底跑去哪裡了？」宋巧依嘟囔著，伸手轉動其中一扇門板的門把，房門應聲而開。

這明顯是一間主臥室，有著雙人床與雕刻精美的梳妝台，立在牆邊的鏡子映照出房間大半景物，裝設在落地窗的白紗窗簾正被風吹得輕輕翻騰。

一張有著鏤空花紋的白色圓桌——雖然現在已經成了黯沉的灰白色——上頭放著一座手搖機械式的留聲機。一株如同花朵開綻的銅質揚聲喇叭聳立在機身上，一片圓而薄的黑膠唱片正安置在唱盤裡面。

「這是什麼？感覺好有趣喔！」宋巧依彎下身子，雙手疊放在膝蓋上，好奇地瞅著這個陌生的物品。

「這是留聲機。」陳庭勳伸手撥弄著唱盤裡的唱片，同時尋找這座留聲機是否有開關或按鈕。最後，他的視線停在了手動的小搖桿。

「阿勳，隨便亂動別人的東西好嗎？」瞧見陳庭勳搖起了小搖桿，宋巧依的美眸裡頓時流露一抹慌張，「而且這棟房子早被斷電了，留聲機也不能聽了吧？」

「放心，這是手動發電的，應該還能用。」陳庭勳信心滿滿地又搖動幾下小搖桿。

隨著喀嗟喀嗟的聲音響起，懸垂在唱盤外側的唱針正緩緩地靠近中心的黑膠唱片；而唱針就在宋巧依緊張的注視下，定在了唱片刻紋的某一軌裡。

幽怨低啞的女聲緩緩流洩出來，在寧靜的空氣裡蕩出圈圈漣漪。

如果沒有你，日子怎麼過……我的心也碎，我的事也不能做。

如果沒有你，日子怎麼過……反正腸已斷，我就只能去闖禍。

我不管天多麼高，更不管地多麼厚；只要有你伴著我，我的命便爲你而活。

如果沒有你，日子怎麼過……你快靠近我，一同建起新生活……

隨著最後一句歌詞略揚的尾音，唱針也轉到了最外圈，跳出了唱片。

「好神奇，眞的能聽耶！」宋巧依眼睛閃閃發亮，扯了扯陳庭勳的衣角，「阿勳，我可以把這個帶回去嗎？」

「當然可以。」看見宋巧依崇拜的眼神，陳庭勳得意地咧開嘴。他方才就是想要賣弄一下對機械的內行，才特地啓動留聲機的。

看了眼被中央卡榫鬆開的唱盤，陳庭勳靈巧地取下黑膠唱片，並將它交給宋巧依，隨即再抱起整台留聲機，將外套蓋在上面。

「嘿嘿，阿勳你最好了。」宋巧依撒嬌地瞇著眼笑，渾然沒有發現到外形魁梧的青年在聽到這句話之後，頓時高興地紅了臉，投向她的眼神充滿火熱。

小心翼翼拿好黑膠唱片，宋巧依先走出主臥室，抱著留聲機的陳庭動緊隨在後。

就在他剛踏出房間的時候，一道咚咚咚的跳躍聲忽地從身後傳來。

嘻嘻……我等著你們回來……

尖細的輕笑聲混在風吹紗廉的聲響裡，一時之間，陳庭動只能怔怔地看著身後空無一人的房間。

「是錯覺吧？」他吞了吞口水，甩甩腦袋，將突然湧起的胡思亂想全部拋至一旁，急急忙忙跟上宋巧依的步伐，和從一樓走上來的卓蘭、李律，以及從三樓下來的左容、左易會合。

沒有人發現左書樓的蹤跡。

第三章

叮咚！便利商店的雙開式自動門在聲音響起的同時，也緩緩地向兩側滑開，涼爽的冷氣頓時迎面撲來。

身爲工讀生的阿甘恰好從倉庫裡走出來，他撓了撓凌亂的金髮，一抬頭就看到兩道身影牽著手走進來。

那是一名身形瘦弱的少年和黑髮白膚的小女孩，看起來眼生得很，想必是外地客。

少年低聲對小女孩囑咐了幾句，就站在書報區，像是感興趣地隨手拿起一本書翻看。

小女孩則摘下戴在頭上的寬邊帽，朝冰箱方向走去。或許是注意到阿甘的視線，那一雙黑黑的大眼睛朝他望了過來。

阿甘不喜歡她的眼神，小孩子就該有小孩子的模樣，那張沒有表情的小臉蛋讓他皺了下眉，但想想這又與他何干，於是繼續蹲在零食架子前清點商品。

啪噠啪噠的腳步聲在身後響起，接著是冰箱被打開又被關起的聲音，但是阿甘預期中的離開聲音並沒有傳來，他眼角餘光也沒看到小女孩站到零食架附近。

或許是還在挑飲料吧？阿甘猜想，卻突然聽到咚的撞擊聲，有什麼東西在地面上骨碌碌地滾動著。

被聲音驚動的阿甘迅速抬起頭，看到兩瓶礦泉水在地上滾動，那名黑髮白膚的小女孩卻只是站在原處，什麼反應也沒有。

阿甘臉上頓時露出了不耐煩的表情，他看著滾到腳邊的礦泉水，不悅地咂了下舌，但還是伸手撿起瓶子。

「拿東西的時候小心一點。」他沒好氣地叨唸，卻發現離他幾步遠的小女孩沒有回應。一雙圓黑的眸子睜得大大的，就像在注視著什麼可怕的東西。

搞什麼鬼！阿甘迅速回過頭，身後是一排放著飲料的冰箱，透明的冰箱門甚至還反射出他的身影。

究竟是什麼東西讓小女孩露出這樣的眼神？

但是，就這樣跟顧客大眼瞪小眼也只是浪費時間，阿甘不快地撇撇嘴，勉強擺出了平易近人的表情，「小妹妹，妳的水。這次可要拿好。」

小女孩接過礦泉水，點點頭，但視線仍不自覺地向阿甘後方的冰箱門溜過去。

「妳在看什麼？」阿甘質疑地挑高眉，終究忍不住問出口。

黑髮白膚、沒有表情的小女孩指著冰箱門，安靜地說道：「大哥哥，你沒看到嗎？有一個小男生一直在看著你。」

神經病！阿甘瞪著透明的冰箱門，接著移動視線，瞪向了小女孩。

「小妹妹，說謊是不好的喔，不但會被警察抓走，還會被剪掉舌頭。」他露出一個假假的笑容。

小女孩沒回話，那雙看起來無波無瀾的大眼睛讓阿甘心裡不舒服起來，但秉持客人至上的原則，他還是壓下想對小女孩咆哮的衝動，乾脆轉過身繼續整理商品，來個眼不見為淨。

一會兒之後，蹲在零食架前的阿甘聽到自動門又發出叮咚一聲，隨之響起的是同事輕快的「謝謝光臨」。

阿甘耙了耙乾燥的金色頭髮，煩躁地彈了下舌頭。方才那抓著寬邊帽、一身白洋裝的小女孩眞是詭異，一直瞧著自己身後，還說出有人在看自己的鬼話。

「明明什麼人也沒有，看個屁啊！」他低聲抱怨，趁沒有客人時，踢了零食架一腳，發洩一下堆積在心底的不悅。

「阿甘、阿甘。」

女同事的呼喚從前方傳來，阿甘撇撇嘴，拖著懶散的步伐走進櫃台，只看見有著一頭黑色短髮的女同事彎起了眼，露出笑咪咪的表情。

「剛剛是誰打電話找你？」

「我國中同學，就妳下午看到的，比較高壯的那一個。」

「欸～是喔？」女同學拉長了聲音，像是有點失望，「你不認識比較帥的那個嗎？」

「那種只會一直撥劉海的傢伙是有什麼好？」阿甘對於同事的審美觀表示鄙夷。

「哎唷，你不懂啦。」女同事笑著敲打他的背部一下，「難得看到那麼帥的遊客，橙華鎮的男人眞該去反省一下了。」

阿甘臭著臉，將那一句「妳這個醜女人才該去看鏡子反省」吞了回去。

「對了，阿甘，你有沒有跟你同學講，不要接近鎮外的那座森林？」女同事一邊點著抽屜裡的鈔票，一邊隨口問道。

「這種事有什麼好講的？」阿甘盯著透明的便利商店大門，看著三三兩兩的遊客從外頭經過，試著讓自己的語氣不要流露動搖。

「沒辦法啊，」女同事嘆了口氣，「不講清楚，就怕有人會無聊地跑去森林裡探險。」

阿甘沉默，不想回應這件事，但是女同事仍舊叨叨絮絮。

「雖然已經過了七年，但畢竟是發生過搶劫案的屋子，再加上前陣子有人在那座森林失蹤，我可不希望橙華鎮再次上了報紙頭版。沈柔老師的事，已經夠讓人難過了……」

炙熱的陽光毫不留情地灑落下來，燙人的溫度彷佛要讓背部跟脖子都要燒起來似的。這對於擁有易中暑體質的夏春秋來說，簡直是酷刑。他從來沒有想過，橙華鎮竟然可以熱成這個樣子。

牽著妹妹夏蘿的小手，他盡量挑選有屋簷的地方走，只是鎮裡的建築多是庭園式，遮擋不了太多陽光。

「哥哥，還好嗎？」夏蘿瞅著兄長滲出薄汗的臉孔，「夏蘿的帽子可以借你。」

「沒關係，就快要到了。」夏春秋一手將黏在額頭的劉海撥開，一手提著塑膠袋，袋子裡裝著便利商店買來的水。

夏春秋與夏蘿之所以會出現在橙華鎮，其實是一個意外。

今天是母親的忌日，他們原本掃完母親的墓就要回去綠野村，只不過父親在半路上突然提起了他在八年前曾經帶著夏蘿與夏春秋來橙華鎮旅遊，他們的母親當然也陪同在身邊。臨時起意下，夏舒桐乾脆將車子掉頭，改而開往橙華鎮，說想要看看這座小鎮如今是什麼模樣。

雖然最大的原因是夏春秋覺得父親又迷路了。每次去掃墓時，都是去的路程相同，回來的時候從沒有走過同樣的道路。

這樣的方向感好像有點糟……夏春秋默默想，決定要存錢買個ＧＰＳ送給父親當禮物，不然有一天他們真的迷路到異世界還得了。

「旅館，到了。」

妹妹稚氣的嗓音讓夏春秋回過神，這才意識到他們已經走到了旅館前。

這是一棟古樸的木造建築物，半開放式的庭園裡種植著一簇簇橙色帶著紅色斑點的小花，看起來格外美麗。

而在旅館大門前，正站著一名溫文儒雅的中年男人，眼角邊帶著細細笑紋，看起來像是隨時在微笑一般。

「春秋，小蘿。」夏舒桐笑瞇了眼，朝兩人揮揮手，「你們買了什麼？」

「礦泉水。」夏春秋提高手裡的塑膠袋，同時注意妹妹是否有踏穩階梯。

「哎，沒有買啤酒嗎？」夏舒桐像是覺得惋惜地垮下肩膀，「夏天就是要啤酒嘛。」

「爸，」夏春秋忍不住嘆了一口氣，「我跟小蘿都還沒有成年，怎麼可能買啤酒？」

「抱歉抱歉，一時忘記了。」夏舒桐像是恍然大悟地撓撓頭髮。

「爸爸，笨蛋。」夏蘿面無表情地說道，對父親的粗心大意表示不滿。

「啊啊，小蘿不要討厭爸爸。」夏舒桐一臉倍受打擊的神情，彎身將夏蘿嬌小的身子抱起，一邊蹭了蹭女兒白嫩的小臉蛋，一邊對夏春秋說道，「春秋，我們的房間在三〇三，記得不要跑錯間喔。」

「要注意這件事的是爸吧。」夏春秋煩惱地嘆氣，「你方向感一向不太好，不能因為認為地球是圓的，就覺得自己一定不會迷路。」

夏舒桐若無其事地抱著夏蘿上樓，假裝自己什麼也沒聽到。

走到三樓時，夏舒桐停在一扇緊閉的房門前，單手撐住夏蘿，另一隻手則是握住門把一轉，輕易地就轉到了底，顯然房門並沒有上鎖。

「現在的旅館真是貼心。」夏舒桐笑道，「都會替客人先打開房間門呢。」

「咦？」夏春秋愣了下，反射性抬頭看向門牌號碼，然後他的表情瞬間變了變，「爸，等、等一下……」

他雖然急急忙忙地喊出聲音，但夏舒桐還是快了一步推開房門。

門外的三個人就這樣和房內的年輕男人大眼瞪小眼，對看了數秒鐘。

「請問，有什麼事嗎？」一頭黑髮、眼角微微上揚的男子露出了困惑的神情，但他卻是好聲好氣的，讓人很容易產生親近感，「還是我的房間有哪裡不對勁嗎？」

「你的房間？」夏舒桐一時沒有反應過來，愣愣地看著坐在床上的男子，又轉頭看了兒子一眼，慢半拍地問道：「呃，春秋，我們走錯房間了嗎？」

「爸……」夏春秋捂著臉，簡直想要挖一個洞把自己埋進去，「這是三〇二房，我們是隔壁的三〇三。」

夏舒桐抬頭看向門板，金色的三〇二清楚地映入眼底。再看一眼，還是三〇二沒錯。

「對、對不起！」夏春秋一把拽過父親，匆匆忙忙地向三〇二房的人道歉，「我們不是故意要闖進你的房間。」

「夏蘿也對不起。」攬著父親脖子的夏蘿細聲細氣地說，黑澈的大眼就像水晶般剔透。

「沒關係。」男子微笑地擺擺手，「麻煩你們幫我把門關上喔。」

「眞的是非、非常抱歉。」男子如春風般的溫和態度讓夏春秋越發羞愧，再次彎身道歉後，連忙輕手輕腳地關起房門，然後投給父親一記無奈的眼神。

自知理虧的夏舒桐乾笑著移動腳步，來到三〇三號房前。再三確認門板上的數字不是三〇二也不是三〇一，他才從口袋裡掏出鑰匙，打開房門進入。

燦金的陽光從窗外斜射而入，打掃得一塵不染的乾淨房間頓時映入眼底，但是房裡的溫度卻不會讓人感到太過炎熱。

夏春秋安心地拍拍胸口，至少他在橙華鎮的這段時間，總算不會以中暑來度過了。

趁著父親和妹妹留在房裡研究待會要去哪些地方參觀的時候，夏春秋一個人在旅館裡隨處走走，好奇地看著那些古色古香的擺設。

當他來到二樓時，原本只想看幾眼就下去一樓大廳晃晃，但是一道哀怨低啞的歌聲卻幽幽地從走廊另一端飄過來。

如果沒有你，日子怎麼過……我的心也碎，我的事也不能做。

如果沒有你，日子怎麼過……反正腸已斷，我就只能去闖禍。

我不管天多麼高，更不管地多麼厚……

夏春秋腳步頓了頓，朝著聲音的來源看過去。猶豫半晌之後，還是決定去一探究竟。

旅館的二樓有十間房，大部分房門是緊閉的，有些房間十分安靜，有些房間則是傳出了細碎的笑語。

在走廊最底端，二一〇房的門是半掩著的，而歌聲正是從這間客房傳出。

只要有你伴著我，我的命便爲你而活。

如果沒有你，日子怎麼過……你快靠近我，一同建起新生活。

夏春秋緊張地嚥了嚥口水，踩著無聲的步伐慢慢靠近，偷偷從門縫往房裡看進去。

旅館房間的擺設大同小異，帶著鍍金般光澤的陽光從窗外灑進來，落在房間主人的身上。一名中年女子坐在靠窗的椅子上，她低垂著頭，鼻梁上的黑框眼鏡微微滑落，長長的黑髮披散在肩膀，膝蓋上擱著一支手機。

女子像是在打盹，露在短袖外的雙臂蒼白，帶著不健康的色澤，手指如同無意識地撥弄著手機。

從手機裡傾洩而出的歌聲幽啞地迴盪在房間裡，彷彿能見到女歌手蹙著眉、唱著歌的模樣。雖然這是夏春秋首次聽到這首歌，但不知不覺間，旋律已經銘刻在腦海中。

從夏春秋的角度望進去，女子左手邊的景物一覽無遺，而右手邊的空間因牆壁的遮擋，形成了一個死角，但懸掛在對邊牆上的梳妝鏡卻又將夏春秋原本看不到的景物映在鏡中。古樸的衣櫃、放在衣櫃前的行李箱，以及同樣映在鏡子裡的小男孩身影。

穿著吊帶褲的男孩極爲可愛，烏黑的大眼睛、粉嫩的雙頰。以鏡中呈現的影像來看，他似乎就站在行李箱前。

男孩似乎也發現了夏春秋的存在。

因爲夏春秋看到，從鏡子裡映出來的男孩正對著他咧開嘴，可愛的小虎牙露了出來。

夏春秋瞬間漲紅臉，手足無措地往後退幾步，暗罵自己鬼迷心竅，竟然會站在別人的房間外偷窺。

他急急忙忙離開二樓，就怕再多待一秒會被人發現自己方才做了什麼事。

「實在是，太糟糕了……」夏春秋站在樓梯口前，拍了拍臉頰，試圖拍去那股羞恥感。

等臉上的熱度終於降溫後，他才繼續往下走，但走了沒幾步，他忽然又停了下來。

「眞是奇怪。」夏春秋喃喃自語，眼底浮現一抹困惑。

如果他可以從鏡中清楚看到小男孩的正面，那就表示，對方正背對著自己，但是他剛剛卻有一種……鏡中的人正直勾勾盯著自己的感覺？

「是錯覺吧。」夏春秋搖搖頭，甩去這個荒謬的想法，說不定只是他想太多。

很快地，二樓發生的小插曲就被夏春秋拋到腦後。

他站在大廳裡，視線繞了廳內一圈，隨即落在櫃台後的中年女子身上。

或許是察覺到他的視線，那名穿著整潔、頭髮燙成小捲的中年女子露出笑容，些許的皺紋從嘴角邊擴散開來，眼神慈藹溫柔。

「弟弟，要不要吃糖？」中年女子朝夏春秋招招手，將放在櫃台上的糖果盒往前推。

「謝謝。」夏春秋挑了幾顆糖果，卻沒有立刻拆開包裝紙，而是收進口袋，想著待會可以拿回去給妹妹吃。

「跟爸爸一起出來旅行對吧？」中年女子笑呵呵地打開話題，「是從哪邊來的啊？」

「我、我們是從綠野村來的。」面對外人時，夏春秋還是容易感到緊張。

「綠野村啊，我以前有去過，那裡是一個很漂亮的地方。」中年女子瞇了瞇眼，回憶了一下，接著話鋒一轉，「不過你們來投宿，怎麼沒帶行李呢？」

「爸爸是臨時起意帶我們過來的，所以……」夏春秋沒有把話說完，而是回了個靦腆的笑容。

所以他們沒有帶任何換洗衣物，最大的行李就是三人本身。

「呵呵，你可以去街角的市場看看，那邊的衣服都很便宜。」中年女子熱絡地向夏春秋說道，「記得晚上要出來逛逛，很多小吃攤會出來。喔，八點的時候有煙火可以看，公園可以看得很清楚呢。」

夏春秋點點頭，將這些訊息記在腦中，正準備向對方道謝時，又聽見中年女子繼續囑咐，只是和先前熱情的語氣不太一樣，這次聲音多了一絲嚴肅。

「不過千萬要記得，不要隨便跑到鎮外的森林去，那裡不適合你們這些外地人。」

「咦？」夏春秋一臉詫異，「爲什麼？」

「有人在森林裡失蹤了。」中年女子嘆息一聲，眉眼間浮現幾分憂傷。

「那、那座森林很大嗎？」夏春秋下意識地問。

中年女子搖搖頭，欲言又止的神情讓夏春秋更加困惑了。

既然森林不大，那又怎麼會有人在裡面失蹤呢？

「我也不知道……那個女孩子說要去森林拍照，但是到晚上都還沒回來……」中年女子像是陷入回憶，聲音聽起來有些飄忽，「我們找了一遍又一遍，連那棟屋子都進去過了，幾乎要把整座森林翻過來，還是沒有找到她，她就像是徹底消失一樣……」

夏春秋吃驚於這件事的同時，也注意到中年女子的句子裡出現一個突兀的關鍵字。

「阿姨，妳說的那棟屋子是？」他忍不住問道。

「沒什麼，就只是那棟屋子曾經發生過搶劫案。」中年女子似乎察覺到自己的失態，很快地帶過這個話題。

就在這時，一道高瘦的身影踏進大廳，往櫃台方向走來。

夏春秋原本以爲對方是來投宿的客人，但中年女子卻已熟稔地與對方打了招呼。

「小老闆，你回來了啊。」

「阿好姨，不要叫我小老闆啦。」穿著運動背心和短褲的青年不耐煩地說道。他臉孔略黑，手裡還抱著一顆籃球，一身大汗淋漓，顯然剛剛才運動完。

「你早晚都要繼承你阿爸的旅館，當然是小老闆。」阿好姨一瞧見青年的脖子跟臉上都布滿汗水，連忙示意對方趕緊進去，「快去沖一下澡，不然容易感冒啊。」

「我才不想繼承咧。」青年繃著一張臉，不快地說道，「旅館就叫那個老頭子自己操心就好。」

「你這孩子，眞是的……」阿好姨也跟著板起了臉，但隨即想到夏春秋還在這裡，連忙鬆開原本緊皺的眉頭，歉意地笑了笑，「抱歉喔，弟弟，讓你聽到了這些。」

「沒、沒關係。」夏春秋尷尬地笑了一下，「阿姨，我先回房間了。」

見夏春秋舉步欲走，阿好姨暗中遞了一記責備的視線給青年，但青年卻是視若無睹。

只是當夏春秋走沒幾步，臉孔略黑的青年突地開口，「喂，小弟，你有做過虧心事嗎？」

「什麼？」夏春秋困惑地回過頭。

「彥銘，你沒事問客人這個做什麼。」阿好姨低聲斥責。

夏春秋看了看阿好姨，又看向青年，不知是該離開還是該留在原地。

瞧見夏春秋不知所措的樣子，阿好姨探出上半身，雙手擱置在櫃台上，刻著皺紋的臉孔滿是慈藹，溫和地問道，「弟弟是第一次來橙華鎮的吧？」

夏春秋反射性想點頭，但又想起父親提過，他們在八年前曾經來到橙華鎮，動作不由得僵了僵，不知該怎麼回應。

「我們這個鎮以前有一個習俗。」阿好姨也不在意他沒有回答，只是自顧自地說道，「半夜的時候，盡量不要看鏡子。」

「不要看鏡子？為什麼？這跟做了虧心事有關係嗎？」

「……如果做了虧心事，就要避免看到不該看的人。」說出這句話的不是阿好姨，而是一開始挑起話題的黑瘦青年。他的視線沒有對上夏春秋，低頭看著鞋尖，像是在自言自語。

「哎呀，那都是很久以前的習俗了，鎮上已經沒什麼人相信。我半夜看鏡子也沒發生什麼事，弟弟不要太在意啊。」就怕夏春秋的心情會受影響，阿好姨連忙打圓場。

雖然心中還抱持著疑惑，但夏春秋沒再追問下去，他朝阿好姨點點頭，轉身走向樓梯。

□

「半夜的時候不要看鏡子？」左容挑高眉毛，平淡的嗓音像是在複述著句子，而不是發表疑問。

現在時間已近傍晚，夕陽餘暉從天邊傾洩，庭園被刷上了一層橘紅的瑰麗色彩。

左容坐在涼亭裡，烏黑的長髮照慣例綁束成整齊的高馬尾，那張中性淡漠的臉龐充滿一股凜冽的美感，讓人不自覺被吸引。

即使已經知道左容的性別，但卓蘭仍不得不感慨，左容的存在就像是一個發光體。就算她對左容沒有抱持其他心思，也很難控制自己的視線。

卓蘭捏了捏自己眉間，試圖拉回心思。坐在對邊的左容並不催促，只是安靜地等待。

輕咳一聲，卓蘭重新調整好心態，回應左容先前的提問。

「這是流傳在橙華鎮的傳說。老師就是對這習俗感到好奇，所以才特地帶我們來的。」

她從口袋中掏出一本小記事簿，翻了開來，裡面是密密麻麻的小字，但是字跡端整娟秀，透出主人的性格。

「以前的人常說，水跟鏡子是通往另一個世界的媒介。我們會在鏡中或水面看到相反的世界，也有可能看到那個世界的居民。畢竟誰也無法保證，在鏡中看到的身影就一定是自己。」

「老師曾提過，在好幾百年前，橙華鎮的前身是一座刑場。我猜測，橙華鎮之所以有這個習俗，或許就是爲了避免讓鎮民看到不該看的東西……當然，跟鏡子有關的說法還有一則。傳說鏡子能隱藏靈體，不少含冤而死的人陰魂不散，藏身於鏡子內，等待報仇雪恨。」

卓蘭有條不紊地分析，左容專注傾聽，並且根據對方的論點，在心底暗暗歸納出父親極有可能遭遇到的事。

父親提到的森林、大房子，這些都與他們前些時候去調查的廢屋特徵符合。還有那扇被打開的後門，顯然有人比他們早一步進入那棟屋子，對方是誰？是父親嗎？

如果是父親的話，他爲什麼現在還不見蹤影？

左容嘴唇微抿，手指輕輕地敲打著石桌，眼底滑過的厲色讓卓蘭不禁住口，狐疑地端詳著左容的神色。

或許是察覺到對方探詢的眼神，左容鬆開眉頭，淡聲說道，「抱歉，我剛在想事情。」

「沒關係。」卓蘭微微一笑，將記事簿收起來。

沒有了話題後，兩人之間的氣氛頓時陷入一片沉默。

左容本就不是多言的人，卓蘭的健談也只針對熟識的朋友，對於今天下午才遇見的左容，並沒有共同話題。她乾脆拿出手機，一邊刷著臉書動態，一邊享受著傍晚時分的微風。

左容則是漫不經心地移動視線，剛好與另一端走來的左易對上眼。

紅髮張揚，那張俊美如凶器的臉孔更是會讓與他擦肩而過的女性臉紅心跳，不由得悄悄放緩腳步，甚至停下身子、轉過頭，只為多看幾眼。

左易就像是沒有察覺到那些傾慕的眼神，他抓著手機，朝涼亭中的左容走去，微吊的眼角讓他看起來像是一頭不馴的野獸。

「我跟媽通過電話了，她晚上才趕得過來。」

「嗯。」左容輕輕應了一聲，又問道，「她有說什麼嗎？」

「晚上再去一趟。」左易眼裡閃過犀利的光芒。

「晚上？」發出低呼聲的是卓蘭，她看看左容，又看看左易，「這樣……不太好吧？」

「我跟左容去，干妳什麼事了。」左易冷冷睨了她一眼，渾身充滿著不易親近的氛圍。

「只有你們兩人太危險了。」卓蘭不贊同地說道。即使左易態度惡劣，她還是不改溫和的語氣，「等阿律他們回來，我們再一起討論比較好。」

卓蘭的話才落下，就看到李律和陳庭勳正朝他們走來。

「阿律、阿勳。」她朝兩人揮了揮手，「這邊。」

陳庭勳立時注意到左容與左易，狐疑地揚起濃眉，道：「妳跟他們待在這裡做什麼？」

「他們想要晚上再去廢屋那邊一趟。你們覺得呢？」卓蘭問著兩名好友的意見。

「不去！」陳庭勳飛快拒絕，「那棟廢屋裡連個人都沒有，妳以為晚上再去一次，就會生出一個人來嗎？」

「我也PASS。」李律舉起右手，明顯興致缺缺，「如果老師明天還是沒回來，我們再去警察局就好。」

聽到兩人接連反對，卓蘭故意大聲嘆了口氣，「這樣啊，那我去問巧依的意見好了。」

李律沒轍地哎呀一聲，陳庭勳則是瞪著眼睛，粗獷的臉孔爬上一抹氣急敗壞。

「卓蘭妳……」他咬咬牙，從齒縫中擠出聲音，「妳明明知道巧依她絕對會答應的。」

「到時候就是你展現男子氣概的機會啦。」卓蘭輕輕用手肘頂了一下陳庭勳的胸膛。

陳庭勳原本想要抱怨幾句，但聽到卓蘭這句話之後，一口氣頓時哽在喉嚨裡，只能惱怒地瞪她一眼。

「左容，我們約幾點見呢？」卓蘭輕笑著問道。

「七點。」左容簡短地說了兩個字，顯然是同意了卓蘭之前的提議。

左易像是嫌麻煩地咂了下舌，卻也沒再說什麼。他與左容在某些事情上，有著心照不宣的默契。

第四章

「呼啊……」宋巧依伸了一個懶腰，將放在膝蓋上的筆電推到一旁，捶捶有些僵硬的肩膀，瞥了窗外一眼。

最後一絲夕陽餘光已經退去，挾著黛藍色的黑暗籠罩了天空，可以瞧見街上其他建築物紛紛亮起燈光。

「蘭蘭怎麼還不回房間來啊？」宋巧依噘了噘嘴，手腳並用地從床上爬起來，李律借給她的小筆電就這樣被擱在一旁。

她走到圓桌前，看著放置在上頭的留聲機，柔軟的嘴唇不禁翹了翹。

這是陳庭勳替她從廢屋裡抱回來的戰利品，雖然卓蘭在看到這台留聲機時，露出不太贊同的眼神，但在她的撒嬌懇求下，也就睜一隻眼、閉一隻眼了。畢竟是在廢屋裡發現的，顯然這留聲機一定是屋主不要而留下的。

宋巧依輕輕摸著如同花朵般綻開的銅質喇叭，眼底滿是愉悅，但下一秒，她的眸子忽地瞇了起來，將細白的手臂湊近自己嗅了嗅。

「唔啊，汗臭味，真討厭。」宋巧依皺皺俏鼻，吐了吐舌頭。一整個下午都在外頭奔波，偏偏還是這種大太陽的天氣，想不流汗都難。

一旦注意到身上的汗味之後，宋巧依便越發在意起來。她是一個喜歡乾淨的女孩子，實在無法忍受帶著一身味道出門。

「而且，今天晚上有廟會啊……」宋巧依喃喃自語。她瞧了瞧映在鏡中的自己，微鬈的短褐髮，甜美粉嫩的臉龐，一雙大眼睛眨呀眨的，這副外表讓她一向無往不利。

「決定了，晚上找左易一起逛廟會！」宋巧依擊了一下掌，興高采烈地拉開衣櫃，從裡頭找出了粉紅色的洋裝與內衣褲，一邊哼著歌，一邊往浴室走去。

浴室裡的燈光是溫暖的鵝黃色，讓空間盈滿一股慵懶放鬆的氣氛，靠在牆邊的貓腳浴缸更是讓宋巧依心花怒放。

「太棒了！」她三步併作兩步地走到浴缸前，將水龍頭轉開，調到理想的溫度，讓熱水嘩啦嘩啦地傾洩在浴缸裡。

脫下髒衣服，站在蓮蓬頭底下，宋巧依撥弄幾下開關，細細的水柱頓時灑了下來。

她微瞇著眼，喉嚨裡滾動著如小貓般的舒適低鳴，將頭髮跟身子仔細沖洗過後，浴缸裡的水也差不多放到八分滿了。

她測了測水溫，隨即歡呼一聲，愉快地將身子沉進水裡，任由溫暖的水流滑過身體的每一寸肌膚。

即使熱水正不斷地從浴缸裡溢出來，宋巧依也沒有關掉水龍頭的意思，她一邊傾聽著水聲，一邊閉上眼睛，享受著泡澡的樂趣。

「等下叫蘭蘭幫我吹頭髮……大家一起吃飯……然後，約左易逛廟會……」她的嗓音甜美中帶了一絲慵懶，腦子裡想的都是左易那張俊美狂妄的臉孔。

「如果能交到這麼帥的男朋友，就可以去跟大家炫耀了。」宋巧依想像著她與左易站在一塊的畫面，雙頰不由得紅了紅，手指輕輕撥弄著水面，一圈圈的漣漪立即成形。

但過了一會，宋巧依忽然狐疑地睜開眼睛，側耳傾聽。在流動的水聲中，似乎隱約夾雜著低幽的歌聲。

如果沒有你，日子怎麼過……我的心也碎，我的事也不能做。

如果沒有你，日子怎麼過……反正腸已斷，我就只能去闖禍。

「誰在唱歌？」她困惑地從水中撐起身子，關掉水龍頭。因爲身體移動的關係，大片水花落在地板上激出聲響。

少了嘩啦啦的水聲後，低啞的歌聲越發清晰了。

我不管天多麼高，更不管地多麼厚；只要有你伴著我，我的命便爲你而活。

如果沒有你，日子怎麼過……你快靠近我，一同建起新生活。

熟悉的旋律從浴室門板滲了進來，宋巧依眨眨眼，很快就認出這首歌。

「蘭蘭，妳是不是在碰人家的留聲機？」她忍不住鼓起腮幫子，有些不開心地說，「至少問一下人家嘛。」

回應她的，是依舊低啞哀怨的歌聲。宋巧依噘了噘嘴，又重新將身子浸回水裡。

雖然不喜歡卓蘭沒有經過她同意就播放那張黑膠唱片，不過宋巧依此刻被熱水浸泡得懶洋洋的，實在不想立刻爬起身，她決定等洗好澡之後再去向對方抗議。

隨著時間的流逝，原本溫熱的水開始慢慢變涼。宋巧依只覺得身子軟綿綿的，不太想爬起來。

「眞想在水裡睡覺……」她閉著眼，踢了踢雙腿，在準備站起來的同時，也睜開了眼睛，然而倒映在眼底卻是滿浴缸的腥紅。

「啊啊啊啊啊——這是什麼？怎麼會這樣？」宋巧依驚慌失措地尖叫。

原先清澈的溫水此時卻變得暗紅深沉，彷彿還可以聞到絲絲鐵鏽味。

就好像浸泡在一池血水裡。

這個認知令宋巧依反胃不已，她慌亂地抓著浴缸邊緣，想要撐起身體，但腳掌所碰觸到的浴缸底部卻滑膩不堪，讓她找不到施力點，只能兩隻手緊緊攀著邊緣，慌張地大聲呼喊。

「蘭蘭！救我！」

哀怨幽啞的歌聲越發清晰了，就像是音量瞬間被人調大。宋巧依急得眼淚都快掉出來，她又呼喊了幾次，卻遲遲不見有人跑進浴室。

她哆嗦著抓緊浴缸邊緣，雙腳在水裡踢著，試圖撐起身子，但一陣噗嚕嚕的水聲卻突地讓她停下了動作。

那和她在掙扎時所帶起的水花不同，就像是，有什麼要從水裡冒出來似的。

這個想法讓她瞬間僵住背脊，脖子慢慢轉向水聲來源。然後，一雙杏仁狀的眸子越瞪越大，驚駭的情緒爬滿了眼底。

宋巧依嘴唇顫抖，破碎的聲音卡在喉嚨裡，扭曲成斷斷的抽氣聲。

就在她的對邊，同樣暗紅的水面下，真的有東西正緩緩地浮了出來。

一絲絲黑色頭髮飄動如水草，又像是蜘蛛網般地擴散，露出水面的濃黑眼睛看不到眼白，只是眨也不眨地緊鎖宋巧依不放。

「不要過來……走開！不要過來──！」宋巧依恐懼地發出尖叫，她拚命往後退，想要和逐漸接近她的東西拉開距離。

除了那雙眼睛，她看不到對方其餘五官，那些都埋藏在暗紅如血的液體裡。

她的背貼到了浴缸，再也沒有後退的餘地，但那顆只露出眼睛的頭顱，依舊朝她逼近，越來越近、越來越近……

紅色水波不斷蕩漾，宋巧依驚駭的叫聲在浴室裡製造出一波波回音，但浴室外的低啞歌聲仍舊幽幽地迴盪著。

如果沒有你，日子怎麼過……我的心也碎，我的事也不能做。

如果沒有你，日子怎麼過……反正腸已斷，我就只能去闖禍。

然後，盈滿恐懼的尖叫戛然而止。

當卓蘭推門而入的時候，空無一人的房間讓她眉頭不禁蹙了起來。

「巧依，妳在嗎？」她一邊詢問，一邊環視房內。

凌亂的被子、擱在床鋪上的筆記型電腦、忘了關起的衣櫃，以及緊閉的浴室門板。

「巧依，妳在洗澡嗎？」卓蘭走到浴室前，抬手敲了敲門，卻聽不見任何回應。

「奇怪，浴室的隔音有那麼好嗎？」卓蘭困惑地再敲了敲，眼角餘光卻不自覺地逡巡著房間，總覺得好像少了什麼。

第二次敲門依舊無人回應，甚至連一點水聲也沒有傳出來。卓蘭心底浮現不安，她握住門把，肩膀前傾，做出了預備撞門的動作，但出乎意料，浴室的門並未上鎖。

「巧依？」卓蘭走進浴室裡，地板上濕漉漉的，放在牆邊的貓腳浴缸還裝著八分滿的水，顯示有人在裡頭洗過澡。

她走到浴缸前，將手伸進去，水溫微涼。

「洗好澡跑出去了嗎？」卓蘭剛浮現這個想法，就被一旁的物品吸引了注意力。放在置衣架上是摺疊整齊的粉紅色洋裝與內衣褲，再旁邊一些，則是隨意攤放著的碎花洋裝。

那是宋巧依今天所穿的衣服。

卓蘭越發困惑了，同時心底的不安也越升越高。衣服都還放在置衣架上，巧依是怎麼從浴室中消失的？光著身子離開？

卓蘭為這個荒謬的想法搖了搖頭，視線在浴室裡轉了一圈，隨即停在鑲在牆壁的鏡子上。

沾著水氣的鏡子有些朦朧，但突兀的紅色卻讓卓蘭無法移開視線。

鏡子上被寫了兩個稚拙的紅字：小偷。

卓蘭身子一顫，三步併作兩步地衝出浴室，看向房內的小圓桌。

是的，她剛剛進房時就覺得哪裡不對勁，巧依從廢屋帶回來的留聲機不見了！

「這是怎麼回事？」卓蘭覺得大腦一片混亂。巧依失蹤了，留聲機也不翼而飛，她卻完全抓不出一個頭緒。

卓蘭越想越心慌，她急匆匆打開門就要衝出去，卻剛好與站在門前的李律撞在一起。

「咦咦？卓蘭？」被撞了滿懷的李律訝異地扶住好友，在瞧見那張秀淨的臉龐寫滿慌張之後，狐疑地挑高眉，「怎麼了，一副著急的樣子？」

「巧依不見了！」卓蘭揪緊他的衣角，著急地喊道。

「啊？」李律愣了愣，一時無法理解這句話的意思。

反倒是慢了李律幾步的陳庭勳聽見後，立刻臉色一變，大步往他們這邊走來。

「巧依為什麼不見了？妳說清楚！」陳庭勳抑制不住急躁的低吼。

「喂喂，阿勳，冷靜一下。」李律無奈地抬手撥了撥劉海，壓下想嘆氣的衝動，「一副凶神惡煞的樣子，你是想嚇到卓蘭不成？」

「沒關係。」卓蘭輕擺了擺手，很快調整好情緒。她側過身子，讓李律與陳庭勳進入房中，以便他們看清裡頭的情況。

「知道發生了什麼事嗎？」李律低聲詢問，卻看見卓蘭苦笑地搖搖頭。

「我回到房間時就沒看到巧依了。」卓蘭邊說邊走向浴室，「我本來以為她在洗澡，結果進去卻沒看到人。」

「會不會出門了？說不定她只是去買個東西而已。」李律故作輕鬆地聳聳肩，露出一口白牙。

「光著身子出門嗎？」卓蘭反問。

李律還想說些什麼，但在看到置衣架上的衣物之後，他一句話也說不出來了。

「喂，卓蘭！」

陳庭勳憤怒的聲音將兩人引了過來。他就站在鏡子前，瞪著寫在上面的稚拙字跡，紅豔的「小偷」兩字就像是在嘲笑他們一樣。

「去叫旅館老闆上來！」他氣急敗壞地喊道，額際青筋一突一突地跳動，「一定是有人跑進房間把巧依帶走了！」

「應該不是。」卓蘭冷靜分析，「浴室裡沒有掙扎的痕跡，而且抱著沒穿衣服的巧依，對方要怎麼離開旅館都是一個問題。」

「鏡子上都被人寫上字了，不是有人闖入是什麼！」陳庭勳忿忿地比向鏡子。

下一秒，紅色字跡卻在眾人注視下開始扭曲變形，化作一片黏稠的紅色，然後再緩緩組合成三個陰森詭譎的大字——

來找我

依舊是稚拙的字跡，但在場三人卻大氣也不敢吭，屏住呼吸，駭然地瞪著鏡子。

卓蘭感覺到冷汗正一滴滴滑落背脊，明明是炎熱的夏天，她卻渾身發寒，像是被人從背後倒了一桶冰塊似的。

李律臉色刷白，牙齒上下打著顫。他故作鎮定地想要撥撥劉海，但手指卻在發抖，最後只能頹然地垂在身側。

陳庭勳僵著身體，喉嚨就像是被異物哽住，原本的怒火如同被冷水潑熄一般，伴隨而起的是一股森然涼意。

匡啷！在三人駭然的注視下，鏡子猛地發出一聲脆響，從中間蔓延出道道裂痕，彷彿一張蜘蛛網鑲在上頭。

陳庭勳就站在鏡子前，映在鏡中的臉孔頓時像被切割得亂七八糟，說不出的詭異。他反射性後退兩步，卻因爲地板濕淋淋的，險些打滑，幸好及時抓住洗手台邊緣，才沒有狼狽摔倒在地。

「卓、卓蘭……」李律的聲音都在發抖了，他瞪著那面布滿裂痕的鏡子，心驚膽跳地往門口移了移。

「我們，」卓蘭緊張地嚥了嚥口水，「我們先離開浴室再說。」

這個提議立即獲得李律的贊同，他迅速衝出浴室，慌慌張張地跳到椅子上，緊抓著扶手，像是被什麼洪水猛獸追趕一般。

卓蘭的神色也有些蒼白，方才的畫面對她來說太震撼了，心臟還在急促跳動，一時無法平復。

最後從浴室出來的是陳庭勳，他失魂落魄地坐到床上，雙手緊揪著頭髮，嘴裡不停喃著「怎麼可能……」。

「現在要怎麼辦？」李律乾巴巴地問道，一直緊張地盯著浴室。

「當然去找那個裝神弄鬼的傢伙！」陳庭勳猛然抬起頭，粗啞著嗓音吼道，十根手指捏得喀喀作響，但是不斷從額際滲出的冷汗卻洩露出他的恐懼。

「去、去哪裡找？」李律從牙關擠出發顫的聲音，「那根本不是人啊！巧依……巧依怎麼會惹上那種東西！什麼小偷？什麼來找我？在打啞謎嗎？」

「我……」卓蘭靠著牆深呼吸了幾次，才總算穩定了情緒，「我應該知道在哪裡。」

「在哪？」李律跟陳庭勳異口同聲問道，眼底都是掩不住的急切。

「下午去的廢屋。」卓蘭手指無意識地摩挲著嘴唇，喃喃說道，「你們沒有注意到嗎？阿勳替巧依抱回來的留聲機不見了。」

陳庭勳與李律的視線立刻往小圓桌看去，上頭空蕩蕩的，什麼也沒有。

「果然是小偷！」陳庭勳怒目圓瞪，猛然從床上站起，但當他說出了「小偷」這兩字的時候，同時也想到浴室鏡子上的稚拙紅字，又頹然地坐了下來。

「你發現了，對吧，阿勳。」卓蘭蹙著眉頭，深深的無力感讓她嘆了口氣，「真正說起來，帶走留聲機的我們才是小偷。但是……」

卓蘭突然陷入沉默，她閉著眼，像是在壓抑著某種情緒。

「但是什麼？」李律急切問道。卓蘭與陳庭動的對話就像是在打啞謎，他完全抓不到頭緒。

「阿律，沒有人在的廢屋，又是誰來討回那座留聲機呢？」卓蘭像是在自嘲，但話語裡卻透出一絲恐懼。

房間內頓時陷入一片死寂。

□

時間已至晚上，橙華鎮的街道不時響起小販的叫賣聲，阿甘雙手插在口袋裡，一臉不耐煩，對於周遭的觀光客們視而不見。很快地，他來到位於街角處的一棟旅館前。

三層樓高的木造建築流露出古色古香的風韻，牆邊的花圃裡種植著射干，那橙中帶紅的花朵讓旅館增色不少。

阿甘腳步沒有停頓，就這麼堂而皇之地踏入大廳，向櫃台後的中年女子打了個招呼。

「阿好姨，我找彥銘。」

阿好姨對於他的出現不感到意外，只是和藹地笑著，「阿甘啊，小老闆在房間裡，你直接進去吧。」

聽到小老闆三個字，阿甘就一陣竊笑，從嘴裡發出吃吃的笑聲，直到阿好姨不贊同的視線射過來，他才縮了縮肩膀，加快步伐地來到大廳後方的拉門前。

阿甘口中的林彥銘，就是這棟旅館老闆的兒子，也是他從小到大的好友。不管是國小、國中還是高中，都唸同一所學校，因此阿好姨才會二話不說就讓他直接進入旅館後方。

拉開拉門，映入眼底的是一間擺設整齊的小客廳，以及通往各個房間的門板，這邊就是林家人的生活空間。

阿甘熟門熟路地走到一扇緊閉的房門前，也不敲門，直接轉開門把就走進去。

「喂，彥銘。」他大剌剌地喊著，聲音頓時驚動了原本坐在桌前的高瘦身影。

林彥銘轉過頭來，在看到阿甘時，略黑的臉孔浮現一抹意外。

「你來找我做什麼？」

「你這房間還是一樣，連面鏡子都沒有。嘖，連窗簾都拉起來了啊。」

阿甘沒有直接回答，隨意坐在床上，一雙眼睛轉動著，七坪大的房間很快便盡收眼底。

接著，他故作漫不經心地開口，「只是來跟你說一聲，我遇到阿勳了。」

「阿勳他回來了？」林彥銘身體一震，猛地從椅子上站起來，「他有說什麼嗎？」

「靠，你反應這麼大做什麼！」阿甘沒好氣地瞪了他一眼，注意到有幾張紙從書桌上掉下來。他伸長手臂，撿起離得最近的其中一張，才發現那是已經泛黃的報紙，斗大的標題映入眼裡。

女大學生離奇失蹤！

阿甘又撿起幾張紙，同樣都是褪色的報紙，刊載在上頭的標題仍舊聳動萬分。

歹徒持刀入室搶劫，淳樸小鎮的治安危機！

手段凶殘，鋼琴老師遭人砍傷，刀刀見骨。

「嘖，你沒事搜集這些新聞做什麼。」阿甘眼神一沉，將舊報紙塞回好友手裡。

「你還沒告訴我，阿勳他有說什麼嗎？」林彥銘抓著報紙，急切問道。

「沒。我懷疑那小子根本忘了七年前的事，不然就是他在裝傻……不，這個可能性應該很低。」阿甘皺眉，立即推翻自己的話。

「什麼意思？」林彥銘的聲音透出質疑。

「我今天在店裡遇到阿勳，聊了幾句，才知道他跟大學同學一起來鎮上玩。結果，他下午時突然打電話給我，問哪座森林離小鎮邊緣只要走十分鐘就可以抵達的。很奇怪吧？」

「他忘記鎮外那座森林了？」林彥銘一臉愕然。

「聽起來是這樣。」阿甘摸摸下巴，若有所思地說，「畢竟他都離開橙華鎮七年了。」

「那麼，他連那件事也忘了？」林彥銘重新坐回椅子上，眉頭擰得緊緊的。

「怎樣？要不要讓他回憶一下？」阿甘笑咪咪地用拇指磨擦食指，做了一個手勢，「大學生呢，看起來過得很滋潤的樣子。」

林彥銘從對方的語氣中嗅到一絲不懷好意的味道，他厭煩地擺擺手，黑瘦的臉孔上寫滿不贊同，「算了吧，反正他都忘記了，這對他來說也是一件好事。」

「嘖，你這個沒用的傢伙，難得有敲詐的機會，竟然白白放過。」阿甘彈了下舌頭，不高興地站起來，刷的一聲拉開窗簾，讓外頭月光透進來。

林彥銘頓時反射性地別過頭。

「什麼半夜不要看鏡子，那都是迷信！就只有你這個膽小鬼才會不敢在房裡放鏡子，連窗簾都要拉上。你以為晚上看到玻璃窗的倒影就會被抓走嗎？白痴！」

氣沖沖地拋下話，阿甘看也不看林彥銘一眼，大步離開房間，迅速穿過小客廳，來到前頭的旅館大廳。

只是剛經過樓梯時，一道纖細的身影恰好走下來，或許是對方低著頭的關係，意外地與阿甘撞在一起，揣在懷裡的東西頓時掉落在地。

「走路不看路啊！」阿甘煩躁地罵了一句，沒好氣地瞪向那抹纖細的身影。

那是一名膚色蒼白的中年女子，戴著黑框眼鏡，長長的頭髮披垂下來，渾身充滿著病懨懨的感覺。在撞到阿甘之後，也沒有說對不起，只是彎下身子撿起掉在地面的東西。

「阿甘，你怎麼可以對客人說話沒大沒小的。」注意到這邊的狀況，阿好姨語氣不禁嚴厲起來。

阿甘撇撇嘴，決定還是先走爲妙。臨走前，他好奇地瞄了那女子一眼，發現她從地上撿起的是一支手機。

女子的手指在螢幕上滑了滑，低啞哀怨的歌聲緩緩流瀉而出。

如果沒有你，日子怎麼過……我的心也碎，我的事也不能做。

如果沒有你，日子怎麼過……反正腸已斷，我就只能去闖禍。

阿甘臉色猛地一變，那歌聲就像一把尖銳的小刀，割開記憶表層，讓他連在這裡多待一秒都不願意，慌慌張張地衝出旅館。

揣著手機的女子抬起頭，面無表情地盯著阿甘遠去的背影，鏡片後的眸子陰冷又怨毒。

第五章

遊客們熱鬧的嬉笑聲從身邊滑過，阿甘卻恍若未聞，他只是低著頭，急匆匆地在街道上奔跑，心臟怦咚怦咚地跳，呼吸也跟著急促起來。

哀怨低啞的歌聲不斷徘徊在腦海裡，他用力甩甩頭，想要擺脫聲音，歌詞卻已深深刻印在裡頭。

跑了一段路之後，阿甘大口喘著氣，呼吸急促，肺部像被一股灼熱感填塞，並且夾雜著強烈的刺痛，彷彿只要再用一分力，他的肺部就會灼痛到整個爆炸。

阿甘彎著腰，雙手壓按在膝蓋上，呼吸粗重。

被夜色擁抱的街道異常熱鬧，逛著攤位的外地客不斷從身邊經過，看到阿甘時，也只是遞去一抹好奇的眼神，卻沒有逗留。

「呼呼呼……」阿甘抬手抹去臉上的汗水，他的髮根都被浸濕了。直到覺得胸腔裡的心臟沒有再狂跳得像要彈出喉嚨，他才慢慢地直起身子。

阿甘戰戰兢兢地轉過頭，身後道路筆直地延伸出去，看不見盡頭在哪裡。雖然中段懸掛著不少燈籠，但最末端卻被一團漆黑籠罩，似乎那邊蹲踞著一頭黑漆漆的生物，張大嘴，等著食物自動靠過去，然後被一口吞掉。

這想像讓阿甘顫抖了下，他瑟縮著肩膀，慌亂地朝後急退了一、兩步。可或許是剛才劇烈奔跑的關係，阿甘這一急退，讓他差點絆著了自己的腳。加上他的頭有些暈，幾乎就要站不穩、一屁股跌坐在地。

沒辦法多想，情急之下，阿甘伸手朝旁邊胡亂抓握。他的手抵住了一面光滑的牆，總算穩住身子。

「要、要命……」他重重吐出一口氣，轉過頭，下意識想要看清自己扶的是什麼。和一般粗糙的牆面不一樣，掌心下碰觸到的牆，既光滑又冰涼。

沒想到一轉頭，映入阿甘眼內的竟然是一抹人影。

「嗚啊啊！」阿甘發出不成調的慘叫，反射性往後跳了一大步。他面色發白，驚恐地瞪著那抹人影。

金髮，一看就知道是染過的。而且不知道是髮質差，或是用到粗劣的染劑，那頭金髮看起來相當乾燥。除此之外，人影還有一張平凡的臉，皮膚上有著明顯痘疤，一副坑坑疤疤的模樣。

並且，人影還像阿甘一樣，露出驚恐萬分的表情。

「……啊咧？」阿甘越看越覺得眼熟，隨後終於恍然大悟，惱羞成怒地啐了一口，「馬的，原來是倒影。」

原來阿甘方才撐住的不是牆壁，而是店家的玻璃櫥窗。他看到的，則是自己的倒影。像是對自己大驚小怪的行爲感到尷尬，他轉頭朝周遭看了看，就怕有人目睹他的愚蠢。幸好，路人們都專注在自己感興趣的事情上，或是彼此交談，或是停駐在攤位前。

「都是你，沒事嚇我幹嘛?」阿甘指著玻璃上的倒影罵，彷彿這樣做才能發洩他的怒氣，「眞是，害老子像個白、白、白……」

後半段句子，阿甘突然說得結結巴巴。短短的「白痴」兩字，他卻怎樣也無法完整說出口，只能像張壞掉的老唱片，不停在同一個字上跳針。

阿甘的臉色又變得和先前一樣白了。不，或許是更加蒼白，豆大的冷汗沿著額角淌落下來。

在光潔的玻璃櫥窗上，在自己的倒影上，阿甘看到一團黑色的物體，正從肩膀後慢慢冒出來。

阿甘反射性轉頭向後看，什麼也沒看見。他甚至還用兩隻手臂拚命往背後摸，還是什麼也沒摸到。

倒映在玻璃上的身影，同樣做著這滑稽的動作。可是在倒影肩膀後，那團黑色的東西依舊存在，還慢慢地冒出來。

阿甘的嘴巴驚恐得張大，他知道自己應該拔腿立刻逃的，但雙腳卻像是被釘住一樣，怎樣也動彈不得。就連他的雙眼也遲遲無法移開視線。他只能繼續瞪視著櫥窗上的恐怖景象。

那從自己倒影後冒出來的，並不是什麼黑色的物體，而是一顆小巧的黑色頭顱。

黑色頭髮散落，髮絲下是一張毫無血色的稚氣面龐。小男孩對著櫥窗外的金髮青年咧開紅紅的嘴，笑了。

「咿啊啊啊！」阿甘就像在這一剎那間尋回意識，他發出淒慘的怪叫，急急退了退，拔腿再次狂奔起來。

那是什麼？那究竟是什麼鬼東西！阿甘的大腦被恐懼侵佔得一片空白，唯一知道的就是逃！

快點逃！要快點逃！絕對不能讓那東西抓住！

他跑得又急促又猛烈，呼吸粗重，胸腔彷彿有團火焰在燃燒。他開始有點上氣不接下氣，但還是不敢回過頭，深怕一轉頭，映入眼中的就會是駭人的景象。

好不容易跑離了那條街，阿甘這才稍稍放緩步伐。

跑那麼遠……應該，應該沒問題了吧？阿甘在心裡想著，他戰戰兢兢地再回過頭。在他的正後方，並沒有任何東西張牙舞爪地追上來。

然而阿甘連放鬆的一口氣都還沒有吐出，脖子忽然僵硬在一個奇怪的角度。

他張著嘴，擠不出任何聲音，唯有臉上的扭曲表情洩露出此刻的心情。包括他的一雙眼，大睜到幾乎暴突的地步。

因爲恐懼。

「啊……」阿甘以爲自己一定尖叫出聲了，但實際上，他發出的只是一聲軟弱的悲鳴。

這名金髮青年的腦袋，依然維持在一個怪異的角度。從他的角度，剛好能夠瞧清斜後方的玻璃櫥窗或是玻璃門。

阿甘不知道是不是自己瘋了，他居然看見在那些玻璃櫥窗或玻璃門上，都浮現出一顆屬於小男孩的頭顱。

烏黑的髮絲凌亂地遮蓋著，隨著每一顆頭顱慢慢仰高，白色的皮膚，還有紅得像血的嘴唇，都映入了阿甘的眼裡。

阿甘困難地呼吸著。

然後，那些出現在玻璃櫥窗或玻璃門上的所有頭顱，全都有志一同地轉向了阿甘，髮絲間露出一雙沒有眼白的全黑眼睛。

救命……救命啊！阿甘歇斯底里地慘叫起來，他以爲有喊出聲音，不過他的嘴依舊只是張闔幾下。

阿甘幾乎駭得肝膽俱裂，再度拔腿狂奔。

他這輩子從來沒這麼死命奔跑過，這次他完全不敢再放緩腳步，連眼睛都不敢四處亂看，只筆直盯住前方。

凡是所有能反射影像的玻璃窗或玻璃門，皆有著小男孩的身影。

小男孩咧著紅紅的嘴巴，眼睛像古怪的黑色甲蟲殼。他伸出毫無血色的小手，蒼白的掌心貼上了玻璃面。

明明就是堅硬的玻璃，居然像是布料一般，開始由內向外被撐得變形。

有什麼要掙脫出來。

阿甘用力地閉上眼，他低下頭，手腳更是使盡吃奶力氣揮動，一路狂奔回家。

家中大門沒有上鎖，阿甘有些粗暴地打開門，連鞋子也忘記脫，直接衝上二樓。

「阿甘？」

阿甘壓根沒空理會母親的叫喚，他嚇都嚇死了，現在只想找一個完全不會再見到小男孩影像的地方躲藏起來。

阿甘原本要衝進自己房間的，可他立即想到——不行，房間裡有鏡子，電腦螢幕也能映出東西。

阿甘站在自己的房門口，大口大口地喘著氣，瞪著尚未開燈、一片漆黑的房間，說什麼也不敢貿然跑進去。

對了，陽台！如果去專門用來洗衣服的陽台，就什麼也不用擔心了！

阿甘立刻急跨出步伐，以最快的速度奔向和自己房間反方向的陽台。陽台門是鐵製的，這扇帶有鏽斑的門板，根本映不出什麼。

阿甘焦急地抽開門閂，他三步併作兩步地跑出去。

陽台上理所當然一片漆黑，在眼睛尚未適應黑暗前，阿甘踢到了某個東西，隨即傳來水被傾倒的聲音。

「幹！什麼鬼？」腳尖的疼痛讓阿甘爆出髒話，他疼得皺起臉，伸手往門內摸去，按下陽台燈源開關。

日光燈閃爍一、兩下，很快便完全大亮。

阿甘朝自己剛踢到東西的位置一看，原來是個裝衣服的水盆。只是現在水灑了大半，衣服也有一半滑出盆外、躺在地板上。

阿甘咕噥了幾句，還是認命地蹲下身子，將掉在地上的濕衣服一件件撿回去。

忽然，阿甘動作頓了一下，他手裡還抓著一件衣服，眨眨眼，盯著地面上的那灘水。不知道是不是他的錯覺，水漬好像染上了顏色。

阿甘下意識先抬頭，日光燈的燈管很正常，沒有透出什麼怪異的顏色。

阿甘又低下頭，呼吸卻在瞬間停住。

地上的水竟然變成一片詭譎不祥的紅色。

鮮紅的水面上，一張小男孩的面龐正咧開嘴，對著阿甘笑。

阿甘甚至來不及做出什麼反應，水中迅速伸出兩隻蒼白的小手，一把抓住阿甘的脖子，將他猛力向下拉。

阿甘發現自己的腦袋被拉進一片水中，他張嘴，發出咕嚕咕嚕的聲音。水淹進了他的嘴巴、鼻子、耳朵，他呼吸困難，最後無法呼吸。

逐漸不再掙扎的身體癱軟地倒在地板，但很快地，就被那片發出咕嚕咕嚕聲音的血水一寸寸吞噬。

清涼的夜風中，彷彿可以聽到誰在饜足地打著飽嗝，發出愉快的輕笑。

□

有誰的笑聲在耳邊徘徊，那聲音既輕又細。林彥銘身子猛地彈起，他緊張兮兮地轉動著脖子，張望四周。

明亮的日光燈讓他的眼睛不適應地眨動幾下，數秒過後才將房內景物盡收眼底。

深藍色的窗簾遮掩住外頭景色，不露一絲空隙。米白色的牆壁上貼著他喜歡的籃球明星海報，還懸掛著幾張參加比賽所獲得的錦旗。

但是，和一般人的房間不同，林彥銘的房裡看不到任何鏡子。

確認剛才的笑聲可能只是自己的錯覺，林彥銘飛快瞄了眼時鐘，距離阿甘離開之後只過了半個多小時。在這段時間裡，他竟然昏昏沉沉地睡著了。

隨意抹了把臉，林彥銘從椅子上站起來，伸了一個懶腰，轉動一下因爲僵坐在桌前而有些痠痛的腰部。

「去洗把臉好了……」林彥銘喃喃道，隨手將散落在桌面上的舊報紙塞進資料夾裡，然後慢吞吞地走出房間。

客廳裡空蕩蕩的，看不到半個人。林彥銘撓撓頭髮，想起父母今天南下參加禪訓班，要在那邊過夜，旅館暫時由阿好姨負責管理。

拖著懶洋洋的步伐，他走到電燈開關處，隨意在牆上摸了摸，打開廁所的燈。他在踏進廁所時下意識地垂下視線，避開了懸掛在洗手台上的鏡子。

扭開水龍頭，林彥銘掬起一捧清水潑在臉上，冰涼的濕意頓時讓他神智清醒不少。

他甩甩頭，將沾在劉海上的水珠甩掉，同時閉著眼抓了一條毛巾下來，隨意擦拭幾下之後，再次睜開眼。

但隨即他擰起了眉頭，黑瘦的臉孔躍上一抹狐疑。

有聲音……啪沙啪沙的，好像是腳步聲？

林彥銘不確定地想著，下意識張口問道：「爸，你們不是南下去參加禪訓班嗎？今天怎麼沒有留下來過夜，反而回來了？」

後方一片寧靜，腳步聲瞬間消失了。

下一秒，廁所的燈猛地一暗，被幽暗吞噬的空間讓林彥銘一驚，反射性轉過身子，想要看清楚廁所外的動靜。

客廳燈光依然亮著，藉由滲進來的光線，林彥銘勉強能補捉到周遭物體的大致輪廓，此時腳步聲再次響起。

林彥銘僵硬著身子，緊張地嚥了嚥口水，喉結上下滑動。昏暗的空間似乎讓人五感瞬間變得敏感，再細微的聲音都能讓人心驚膽跳。

「是誰在那裡？」林彥銘扯著嗓子問，聲音有些發抖，「阿好姨，是妳嗎？」

隨著腳步聲逐漸逼近，他看見不遠處立著一抹黑幽幽的影子，輪廓看起來就像是一個人。

那是誰？林彥銘的背部抵著洗手台，脖子後已經滲出了冷汗，他的膝蓋甚至有些發抖。

「阿好姨，是、是妳嗎？」林彥銘又問了一次。

「好久不見了……彥銘……」

如同被砂紙磨過般的低啞女聲，輕輕地從廁所外響起。

林彥銘背脊一震，這時候他終於看清楚，那是個戴著黑框眼鏡的中年女子，病態蒼白的膚色像是反射著冷光，白得令人怵目。

但隨即，林彥銘從剛才的招呼中捕捉到一個關鍵詞。對方說好久不見，那麼……突然出現在家中的女子，是自己認識的人了？

這個認知讓林彥銘頓時鬆了一口氣，原本消失得無影無蹤的膽氣好像又回來了，「妳是誰？我認識妳嗎？隨便闖進別人的家做──！」

最後的話語還卡在喉嚨裡，林彥銘要直起背脊的動作驀地一僵，他駭然地瞪大眼，黑瘦的臉孔爬滿驚恐，卻不是針對已站到廁所門口的女子。

有什麼東西在觸碰他的臉頰，冰冰冷冷，那形狀就像是小孩子的手，軟嫩軟嫩，卻又毫無溫度。它們貼在林彥銘的臉上，慢慢地往下滑。

那柔軟得不可思議卻又冰冷無比的小手，沿著林彥銘的下巴來到他的脖子上，輕輕環住，然後猛地向後一扳！

被迫後仰的林彥銘恐懼地張大嘴，聲音哽在喉嚨裡，冷汗就像開了閘的瀑布一般，浸著他的背脊，也浸著他的衣服。

即使他無法看清楚那雙小手的主人是什麼模樣，但貼在脖子上的手指在在說明了一個可怕又荒誕的現實。

那雙手臂是從鏡子裡伸出來的！

冰冷的手指緊緊抓住林彥銘的脖子，指甲用力得像是要陷入皮膚，一絲絲攫取他的氧氣。他驚恐地瞠大眼，想要扳開脖子上的箝制，重新獲得呼吸的空間，但下一瞬，他好似聽到了讓人感到不快的某種悶響。

林彥銘怔然地移動視線，原本站在廁所門口的女子，不知什麼時候已經貼近到他身前。她的膚色如此蒼白不健康，眼神如此陰冷又怨毒。

女子低低笑了出來，又往前欺近一些，近得像是雙手要抵上林彥銘的腹部。但若是由第三者的角度來看，她的手裡其實是握著什麼，而此刻，她正將那東西往更深處送進去。

「啊……啊……」林彥銘手指顫顫地往下移動，來到了自己腹部的位置，很快就碰觸到一片濕熱。

然後，他的手指終於碰觸到那東西的形狀，塑膠質感的刀柄，冰冷的刀身，女子手裡握著的赫然是一把菜刀。

脖子上的小手圈得更緊了，氣管被壓迫的感覺讓林彥銘漲紅著一張臉，眼睛突出，痛苦地發出悶哼。

「你還記得我嗎，彥銘？」女子一手握著刀柄，一手摘掉了黑框眼鏡，撩起長長的劉海，露出毫無遮掩的蒼白臉孔。

雖然病態瘦弱，卻無損那一抹在眉眼間的古典美。

她是……她是……！

林彥銘驚駭地瞪大眼，埋藏在心底不願回想的記憶瞬間湧了出來，腦海中依稀又聽到低啞哀怨的歌聲緩緩響起。

「謝謝你打的那通電話，不過我還是無法原諒你。」女子扯出一抹如歪斜月亮的笑，眼底是濃稠得化不開的深深憎怨，「你就為七年前犯下的錯付出代價，去地獄向我的孩子懺悔吧。」

林彥銘眼裡的恐懼在這一秒轉為切切實實的震驚，他不敢置信地看著女子，嘶著氣想要擠出聲音，但那雙小手卻將他的脖子勒得緊緊，不斷往鏡子方向拉扯。

他以為頭會撞上硬實的鏡面，但沒有，他只感覺到頭顱像是浸入了冰涼的液體裡，甚至感受到腳正慢慢離地。

不不不，這怎麼可能！林彥銘的聲音被卡在喉嚨裡。

他驚慌地揮動手腳，試圖掙扎，最後似乎碰翻了什麼，在地上發出匡的一聲，但這記聲響如此微弱，稍縱即逝，甚至會讓人以為只是錯覺。

有著蒼白膚色的女子鬆開手，安靜地注視這一切，方才眼裡的瘋狂與憎恨就像火焰驟然熄滅，只餘一片死寂。

牆上的鏡子如同一個餓了許久的怪物，正迫不及待地將林彥銘吞吃進去，即使他仍舊不死心地踢蹬雙腳，但露在鏡子外的也只剩下雙腳而已。

先是大腿，然後是膝蓋、小腿，隨著最後一截腳趾也被吞沒之後，本來如水面般不斷晃動的鏡面又重新恢復光滑一片。

「下一個人，該輪到阿勳了。」女子喃喃說道，慢條斯理地洗去手上鮮血，再用衛生紙仔細地擦乾淨。

做完這一切後，她就像什麼事都沒發生過般走出廁所，卻沒有從連通旅館大廳的拉門離開，反而熟門熟路地繞到廚房，從那邊的小門離去。

旅館大廳一片熱鬧，當夏春秋走下來時，看見的就是三〇二房的客人正坐在沙發上跟人聊天。

一頭黑髮、眼角上揚的男子聊到興起處時，還會舉手比劃幾下，而他的視線就那麼不經意地恰好與夏春秋對上了。

「嗨，小弟。」他笑咪咪地主動打了聲招呼。

「你、你好，先生。」因爲不知道對方的姓名，看年紀又覺得喊叔叔會把人叫老，所以夏春秋用了這個中規中矩的稱呼。

「叫先生感覺太拘謹了，我姓葉，叫我葉大哥吧。」男子對他眨了下眼，他的語氣和表情如此地輕鬆隨意，讓人不自覺也跟著放鬆下來。

「好的，葉大哥。」夏春秋靦腆地回以一個微笑，同時一一向坐在男子附近的幾個人問好。

在黑髮男子的介紹下，夏春秋才知道那些穿著汗衫、短褲的中年人，都是土生土長的橙華鎮人，閒暇時會過來旅館這邊找阿好姨串門子、閒嗑牙。

剛巧阿好姨在休息室吃晚餐，他們就與待在大廳裡的黑髮男子聊上了。

「阿弟，你應該早一點下來的，阿葉他剛剛講的鬼故事實在是喔……」一名中年男子嘖嘖有聲，未竟的句子裡充滿讚賞味道。

「葉大哥講了什麼故事？」夏春秋好奇地問。因爲在等父親與妹妹下樓，所以他沒有坐到沙發上，而是站在一旁聽著他們聊天。

「也沒什麼，就是一群大學生想要讓房東降房租，所以捏造了公寓有鬼的傳聞，結果最後眞的引來了不乾淨的東西。」阿葉大略提了一下。

夏春秋覺得這個故事有些耳熟，他似乎在哪裡聽過，一時卻想不起來。他原本想要詢問一下故事的出處，但對方已興致高昂地催促起隔壁的中年男人。

「陳哥，你們鎮上有沒有流傳過什麼奇怪的事？」

「奇怪的事？我們鎮的習俗算不算。」被喊作陳哥的中年男人摸摸下巴，「就是半夜不要看鏡子。」

「不要看鏡子？爲什麼？」阿葉感興趣地問道。

「避免看到不該看到的人啊。」陳哥壓低聲音，故意用陰森森的語氣說話。

聽到這句的夏春秋不禁將耳朵豎得更尖了。先前從阿好姨那邊聽到這個習俗時，就很是好奇「那句看到不該看到的人」有什麼含意，只是當時狀況有些尷尬，不好問出口。

沒想到阿葉卻是自然而然地接話道：「原來如此，據說水的陰氣重，是連通另一個世界的媒介，而鏡子因爲表面光滑，就像水一般，所以也有類似的作用。與其說怕看到不該看到的人，不如說怕看到鬼，對吧？」

一時間，大廳安靜了下來，包含陳哥在內的幾個本地人，都以吃驚的眼神看著他。

「呃，我說錯了嗎？」遭受視線洗禮的阿葉有些不確定地問道。

「不，你說得太對了。」陳哥回過神來，「我們只是沒想到，像你這樣的年輕人居然懂這些事。」

「其實我就是專門在寫這些東西。」阿葉笑笑地解釋，「所以才想知道鎮上有哪些特別的習俗、傳聞，或是曾經發生過什麼奇怪的事，無法用科學解釋的那種。」

「原來你是想取材啊！」陳哥恍然大悟。

「欸欸，阿陳，這樣的話，講那個吧。」一人用手肘抵抵陳哥。

「對啊，那個很符合阿葉說的無法用科學解釋。」另一人附和道。

那個是哪個？旁聽的夏春秋只覺得一顆心都要被小勾子勾起來了。

「喔，你們說的是大學生失蹤的那件事啊。」陳哥右手成拳，在左手掌擊了一下，「那個等下可以叫阿好講。我先來說說我遇到的事情好了。」

「厚唷，阿陳，你不要吹牛，你哪有遇過什麼奇怪的事啊。」

「那是我沒跟你們說啦。」陳哥沒好氣地瞪了一眼吐槽他的人，接著又看向阿葉，「你知道我們鎮外有一座森林嗎？」

「知道。」阿葉點點頭，「我下午的時候有去走走，那邊還有一棟黑色屋頂的房子。」

「原來你去過了啊。你應該沒有進去裡面吧？那裡可是私人產業。」

「它不是已經荒廢掉了嗎？」阿葉疑惑地問。

「只是沒有人住在裡面而已啦，屋主又沒有把房子賣掉。」陳哥擺擺手，「喔，對啦，我要講的事就是跟那棟房子有關。」

這已經是夏春秋第二次聽人提起森林裡的屋子了，忍不住往沙發那邊挪了挪。

「兩個月前，我去了森林一趟，經過那棟屋子的時候……」

陳哥的話還沒說完，就被兩個朋友打斷。

「阿陳，你是去森林做什麼？」

「一定是去森林後面摘荔枝啦，他就是個貪吃鬼。」

「你們惦惦啦，讓我講完是會死喔！」陳哥的表情看起來就像是想掐死他的朋友一樣，直到那兩人終於識相地安靜下來，他才清清喉嚨，接續先前的話。

「經過那棟屋子的時候，我好像聽到了小孩子的聲音……」

就在這時，從樓梯那邊傳來的腳步聲讓夏春秋不由得分了心，下意識轉頭看過去，便瞧見父親正牽著妹妹的小手走下來。

「哥哥。」膚色白皙如雪的小女孩在對上夏春秋的目光時，一雙黑亮的大眼睛裡好似有亮光迸出來，當下鬆開了父親的手，提著裙襬往兄長小跑過去。

「小蘿這樣子好可愛喔！」看到妹妹的瞬間，夏春秋立即將手機拿出來對著她連拍了好幾張相片，沙發區那邊的話題早被他拋到腦後。

夏蘿穿著父親新買的小洋裝，黑髮梳得光滑整齊，被悉心編成了好幾股小辮子，再在後腦上盤成髮髻，看起來就像是一朵小花綻放。

「頭髮是爸爸綁的。」夏蘿害羞地笑了一下，手指習慣性地纏上兄長的手。

「爸爸很厲害吧。」夏舒桐邀功似地對著一雙兒女說道，「爲了替小蘿綁出這麼可愛的髮型，我還特地網購了假髮跟假人頭來練習呢！」

「嗯，很厲害。」夏春秋由衷地說。

一家三口並沒有注意到沙發區那邊投來的眼神，正明明白白地寫著：哪裡來的傻爸爸。

第六章

宋巧依覺得臉有點癢，像是有東西在觸碰，她不舒服地吐出含糊的音節，原本停滯的思緒開始運轉。

她記得……她在浴室洗澡，然後聽到了歌聲，再然後……宋巧依心臟重重一跳，猛地張開眼睛，映入眼簾的卻是一張屬於小女孩的稚氣臉孔。

膚色蒼白得可怕，嘴唇卻異常紅潤，像是要滴出血來。

那一雙眼睛！那一雙眼睛！宋巧依駭然地倒吸一口冷氣，小女孩的眼睛是純粹的濃黑，看不到眼白。

她恐懼地回想起來，從浴缸裡浮現的半顆頭顱也有著一雙相同的眼。

「呀啊啊啊！」宋巧依尖叫地伸手一揮，打掉小女孩觸碰她臉頰的手指，驚慌失措地撐起身子。

蒼白月光從窗外斜射進來，藉由微弱的光線，宋巧依緊張地環視四周，卻發現自己竟待在一個陌生的房間裡……不，不能說完全陌生，今天下午，她與同學曾來過這裡。

靠著牆壁的櫃子上堆放著一個個透明收納箱，裡頭則是各式各樣的玩具；就連凌亂擺放的桌椅也都特意設計過，小巧的造型只適合孩子們使用。

這是一間屬於小孩的遊戲房。

「為、為什麼我會在這裡……」宋巧依懼怕地瞪著從地上慢慢站起身的小女孩。她穿著一身碎花洋裝，濃黑長髮披散，臉色死白，但嘴唇卻極為紅潤。

「妳……妳、妳是誰？」宋巧依想要後退，但腳步踉蹌，險些踩到了裙襬。

等等，裙襬？宋巧依愕然地低下頭，這才發現身上不知何時被套上一件白色連身長裙。

「大姊姊，喜歡我替妳挑的衣服嗎？」小女孩咯咯笑道，「這是媽媽以前穿的喔，啊，我算算，一、二、三……已經七年了。」

一聽到對方說這件衣服放置了七年，宋巧依頓時覺得皮膚癢了起來。雖然知道這只是心理上的不適所造成，但她還是無法控制那股不舒服的感覺。

「大姊姊，妳過來嘛，我正準備要幫妳化妝呢。這樣妳就會變漂亮了喔。」小女孩搖了搖手中的小盒子，笑盈盈地瞅著她，一步步往她接近。

「咿——不要過來！」宋巧依害怕地大叫。對方那雙不見眼白的濃黑眼睛讓她心驚膽跳，她緊張地向後連退幾步，背部卻忽地抵到什麼。

她慌張地回頭一看，身後就是一扇緊閉的門扉。

發現出口的驚喜讓宋巧依想也不想地握住把手，在房門被拉開的那一刻慌亂地衝出去。

快跑！快點離開這個地方！宋巧依不敢回頭，只是一個勁地向前跑，原本甜美的臉孔如今只剩下慘白與恐懼。

爲什麼只有我遇到這種事？卓蘭呢？阿勳呢？還有阿律？他們究竟在什麼地方，爲什麼沒有人來救我？

宋巧依慌亂地想著，越跑越快，但幽暗的走廊就像沒有盡頭，不管她怎麼跑，依舊看不到預期中的樓梯。

我跑了多久？爲什麼這條走廊沒有盡頭？明明下午才確認過，應該可以很快看到樓梯的！

宋巧依胸口劇烈起伏，她的體力本來就不好，在同學間也是倍受呵護的那個，不須動手，就有一堆男生自願替她辦好事情。但在這個地方，卻只有她一人，沒有人可以伸手拉她一把。

「救命！救命啊！」宋巧依拚命大喊，顫抖的聲音迴盪在走廊上，空洞的回音撞擊在壁面上，又慢慢地消散。

但是，沒有人出現。

宋巧依只聽得見她的腳步聲、呼吸聲，還有心跳聲。平常不會去在意的聲響此刻被無數倍放大，讓人毛骨悚然。

「蘭蘭！阿律！阿勳！」宋巧依不死心地繼續大喊，淚水在眼眶裡轉動，不斷在心裡祈求，不管是誰，只要可以把她帶離這裡就好！

彷彿在回應她的心願，原本以為毫無止境的走廊突地出現了盡頭。一扇米色門板出現在最底端。

宋巧依的臉上湧現狂喜，就像是溺水的人看到一根稻草想要緊緊抓住，奮力地擺動雙手與雙腳，就算膝蓋痠軟也不敢停下腳步。

她距離那扇門更近了，五步、四步、三步……

宋巧依使勁地伸長手，一把握住金屬製的把手，用力一轉，將房門往前推開，映入眼底的卻是一抹不懷好意的笑容。

穿著碎花洋裝的小女孩笑著，一雙大眼睛彎成了新月般的形狀，蒼白的肌膚幾乎要刺痛人的眼。

宋巧依駭然地瞪大眼，大腦一片空白，就像背後被人倒了一盆冰水，寒意迅速席捲全身。

「妳出不去的，大姊姊。」小女孩從聲音到表情都滲出愉悅。

宋巧依驚恐地嗚咽一聲，轉身就想逃跑，但一股可怕的力道卻猛地扯住她的雙腳，身體狼狽撞擊在地板上的痛楚讓她慘叫出聲。

她死命抓著地板，美麗的臉孔寫滿絕望。指甲刮擦地板的尖銳聲不斷響起，但那股力道卻緊攫著她不放。

「救命！救命……啊啊啊啊！」宋巧依不停地尖叫又尖叫，卻依舊無法阻止自己被一寸寸拖進房間裡。

大門砰的一聲關起，隔絕了她淒厲的慘叫，也隔絕了小女孩天眞又充滿惡意的笑聲。

□

和白天的悠閒祥和不同，橙華鎭的夜晚熱鬧又多彩，街道兩旁掛上一盞盞紅燈籠，一眼望去，彷彿兩條長長的紅色彩帶。燈籠下，則是一個又一個的攤位，有撈金魚、套圈圈、射氣球……還有各式各樣的小吃。

不少人手上都拿著一支棉花糖，或是提著裝有金魚的透明袋子，眉眼沾染著笑意，顯得無比愉快。

夏春秋牽著妹妹夏蘿的手，走在父親後方，他們先前才從一個套圈圈的攤位離開。因爲夏蘿對放在最高處的小熊娃娃多看了兩眼，夏舒桐便挽起袖子，力求在女兒面前表現。

結果就是夏蘿的手裡抱著毛茸茸的小熊玩偶，夏舒桐則是額外又搜刮了許多戰利品，讓

老闆臉上硬撐著笑，但心底卻在淌血，最後語帶哭音地求夏舒桐快離開。

「爸爸眞厲害。」

夏蘿仰著小臉，黑亮的眸子裡滿是崇拜，童稚的嗓音落在夏舒桐耳裡，頓時讓他感覺輕飄飄的，連走路的步伐都輕快許多。

瞧著樂不可支的父親，夏春秋忽然慶幸高個子的紅髮室友不在。依照父親對小蘿的溺愛程度，只要夏家人以外的男性出現在小蘿身邊，不管年齡多大，都會被父親列爲危險分子的。

因爲想到左易，他腦海裡自然而然浮現那名綁著馬尾、神色淡漠的少女。然而每次與自己說話時，對方的表情就會褪了冷淡，眼神變得溫和又專心，讓自己忍不住……

「嗚啊，不、不可以亂想！」夏春秋伸手在臉前揮了揮，試圖把臉頰上的燥熱揮掉，殊不知這個動作落在夏蘿眼底，反而讓她困惑地多看了幾眼。

「哥哥怎麼了？」

「沒、沒什麼，我只是……」夏春秋在與妹妹說話時很少會結巴的，但這一次因爲想到了左容，實在不好意思說出口，「呃，眞的沒什麼。」

夏蘿仰起小臉，看了一下夏春秋發紅的耳朵尖，又看向他眼睛，專注地與他對視。

瞧著夏蘿雖然面無表情，但渾身透出「我很執著」的模樣，夏春秋終於在心裡舉雙手投降，低下頭湊到夏蘿耳邊小小聲交代，「小蘿不可以告訴爸爸喔。」

「祕密，夏蘿不說。」夏蘿點點頭，做出了手指在嘴巴前拉上拉鍊的動作。

「其實我……我剛剛在想、想左容……」光是說出這句話，夏春秋就覺得自己快要自爆了，他的耳朵發燙，就連脖子都染上了一層紅。

「夏蘿也想小易。」似乎覺得只有兄長說出祕密不公平，夏蘿也認眞地跟他分享自己的心情，「還有忍冬哥哥、歐陽哥哥、林綾姊姊、小葉姊姊，但是最想的是小姑姑。」

一開始聽到左易兩字的時候，夏春秋的心臟頓時提到了喉嚨口，就怕妹妹小小年紀卻與早戀劃上等號；但是當其他同學們的名字也一一被說出來，而且夏蘿還特地註明了最想念的人是小姑姑之後，他的一顆心又落回了原處。

「不然哥哥先把手機給妳，等會兒妳再打給小姑姑，跟她說我們在橙華鎭看煙火。」

「嗯，好。」夏蘿愼重地將手機塞到外套口袋裡，並且小心翼翼地拉上拉鍊，她一手抱緊小熊娃娃，一手抓著夏春秋的手指，圓黑的眸子裡是純粹的信賴。

夏春秋的心都要融化了，就像是棉花糖融進熱可可裡的那種感覺，再次覺得妹妹是世界上最最最可愛的女孩子。

夏蘿忽然搖了搖夏春秋的手，輕聲問道：「爸爸呢？」

「爸爸不是走在前面……」最後一個「嗎」字沒有說出口，因爲夏春秋也發現了他們前方已不見父親蹤影。

「該不會是剛剛停下來的時候走散了?」夏春秋懊惱地低呼一聲，他抓緊妹妹的小手，爲自己的粗心大意感到自責。

仔細環視周遭一圈，確定沒有瞧見那抹熟悉的身影後，夏春秋想起父親在出門前曾經交代過，如果走失的話，就在鎮裡唯一的公園集合，他們今天的目的就是要到公園看煙火。

這麼一想，夏春秋的心也安定不少，不過他還是讓妹妹先打電話給父親，沒想到電話無人接聽。

「小蘿，我們先去公園等爸爸，妳要抓好哥哥的手，千萬不要鬆開喔。」他仔細叮囑。

「好。」夏蘿點點頭，緊緊地挨著兄長。

夏春秋抬頭看了看附近的路標，確認好方向，牽著妹妹的小手繼續往前走。遇到不確定的岔路時，就詢問店家或路人。

約莫十五分鐘後，兩人來到了公園大門。由於煙火還未開始施放，人們也不急著往裡走，而是興致高昂地逛著大門前的攤位，自然也讓這裡變得更加擁擠，想要一眼就看到夏舒桐的難度自然跟著變高。

「我們去公園裡找個人少一點的地方，再打電話給爸爸。」夏春秋很快做了決定，同時將夏蘿的手牽得更緊了。

自從上次在紫晶村的葉家大宅裡，發生了夏蘿在沒有意識的狀況下卻出現在花園一事，只要一離開綠野村那個熟悉的環境，夏春秋就不願讓她獨自一人。

看了看告示牌的公園簡介，夏春秋挑了個與看煙火的草地完全相反的方向走。兄妹倆避開人群，來到公園左側的荷花池。一朵朵縮為花苞的荷花在夜風中微微晃動，淡雅的幽香若有似無地滑過鼻尖。

相較於大門口的人潮，這裡就顯得安靜多了，只有幾對情侶手牽著手，腦袋挨在一塊低語。

因為手機交由夏蘿保管，所以先讓她打給父親，再次無人接聽後，發訊息這個重責大任也是由她來做。她按著螢幕上的注音符號，慢慢敲出一句話：公園，荷花池，等爸爸。

「小蘿，妳要趁這個時候打給小姑姑嗎？」夏春秋建議。

「想等放煙火的時候再打給小姑姑。」夏蘿睜著一雙黑亮大眼睛，認真說道：「哥哥教夏蘿，要怎麼一邊跟小姑姑說話，一邊讓她看到煙火？」

「這個要用視訊……」夏春秋接過手機，仔細向妹妹說明使用方式，「妳只要這樣做，手機另一邊的人就會看到這裡的畫面了。」

「也可以看到荷花嗎？」夏蘿比著池裡的粉嫩花朵。

「當然可以。」夏春秋笑著說道，下一秒，他突然發出輕輕的「咦」一聲，將手機迅速塞進夏蘿口袋裡，自己則是雙手抓住欄杆探出上半身，驚疑不定地盯著池面。

「哥哥？」夏蘿也湊到欄杆前，踮起腳尖，想要看清楚是什麼吸引了兄長的注意。

「小蘿，不要靠水太近。」夏春秋分神叮嚀，同時瞇著眼想要確認方才那一瞥是不是錯覺。

他剛剛似乎看到水裡有白色的東西快速游過……是魚嗎？

夏春秋心裡正在猜測，平靜無波的水面忽地出現一圈圈漣漪，發出咕嚕咕嚕的冒泡聲，在周遭靜謐氛圍的烘托下，聲音如同被放大好幾倍，連夏蘿都清楚聽到了，忍不住將小臉貼在欄杆縫隙間，想要看個仔細。

兩人都沒注意到，荷花池周邊只剩下他們了。

池水的翻湧只持續了短暫一會兒，很快就歸於平靜。當水花散去，夏春秋卻是面色一變，發出了短促的抽氣聲。夏蘿也驚恐地睜大眼。

水下是一張蒼白的小臉，有著細細的眉毛，大大的眼睛，但那雙眼睛卻是純粹的濃黑，沒有一絲眼白。

下一秒，原本穩固的欄杆猛地一晃，像是根基突然腐朽一般，咿呀一聲地向水面傾倒。猝不及防之下，夏春秋與夏蘿頓時失去重心，隨著欄杆的翻倒，雙雙跌進荷花池裡。

「哥哥！」夏蘿小臉蒼白，驚慌失措地喊出這兩個字，小手拚命向兄長伸去。

「小蘿！」夏春秋幾乎肝膽俱裂，他想要抓住夏蘿的手，但嘩啦的水聲卻遮掩住兩人的叫喊。

冰冷的池水飛快吞噬他們，無法呼吸，發不出聲音，只能絕望地在沒有光線透入的暗沉水中掙扎。

荷花池旁的欄杆無聲無息地恢復原狀，剛到的遊客並不知道數分鐘前有兩個孩子落入了池子裡……

□

左容與左易同時停下前進的步伐，一股突生的不安在心裡騷動著。

狹長的眼睛與清冷的眸子對視，兩人臉上雖然沒有表情，但從彼此的眼中卻可以看到一絲不解。

不知從何而來的情緒彷彿一根針戳在胸口，令人不愉快。

「喂，你們幹嘛停下來？」

陳庭勳不滿的聲音響起，在安靜的森林顯得格外響亮。

「是不是有什麼不對勁？」李律心慌地四處張望，俊俏的臉孔看不到往昔的瀟灑不羈，甚至連劉海都沒有心思去整理，蔫蔫地垂了下來。

「阿律，我的衣服快被你抓綯了。」卓蘭看著緊扯她衣角不放的李律，對於好友的膽小忍不住嘆氣。

一夥人正走在通往廢屋的森林小路上，枝葉被風吹得沙沙搖動，冷涼的氣息繚繞在周遭，讓人不自覺繃起神經。

左容、左易是爲了尋找父親，決定晚間再去廢屋一趟。原本陳庭勳和李律沒有太大意願，畢竟下午才在廢屋裡搜索過，一無所獲的情況下，他們實在不認爲換個時間會出現什麼不同。

但是，現在他們卻是不得不前往廢屋，因爲宋巧依失蹤了，就像是平空蒸發一樣。唯一可以當作提示的，就是出現在浴室鏡子上的紅字。

「小偷」跟「來找我」，看似沒有關聯的兩組字，卻在卓蘭的拼湊下，與森林裡的廢屋有了聯繫。

此刻萬籟俱寂，坐落在眼前的廢屋周邊一樣雜草叢生，一樣是二樓與三樓的窗戶破了洞，屋頂上長出細小的綠色植物。

看在一般人眼中，只會覺得這是一幢無人居住的廢棄屋子，但對於陳庭勳他們而言，這棟房子就像一頭張牙舞爪的獸，敞開的大門是長滿尖牙的可怕嘴巴，正等著吞噬他們。

的。」

「一定要進去嗎？」李律緊張兮兮地捉住卓蘭的手臂，「其實我可以待在外面等你們

左易冷冷地瞥了他一眼，從嘴角拉出一抹譏誚的弧度，「那樣最好。少了你們這群礙手礙腳的人，我們反而好行動。」

「你這傢伙！」陳庭勳氣得捏緊拳頭，那種完全被看扁的感覺讓他非常憤怒。

「好了好了，不要吵了。」卓蘭皺著眉頭，站出來當和事佬，「巧依和老師目前下落不明，阿勳你就安分一點好不好？還有阿律，你如果要待在外面，我可不保證會不會遇到什麼。」

一提到宋巧依的名字，陳庭勳就像是洩了氣的皮球，煩躁地啐了一口，但還是強壓下怒意。

至於李律，在卓蘭說出那番話之後，他立即心驚膽戰地打量起四周。搖曳的樹影、枝葉摩挲的聲音，越是看著、聽著，越是容易讓人胡思亂想。他吞了吞口水，再也不敢提出自己想留在外面。

左容和左易停在大門前，不發一語，但兩人的眼神都凌厲了起來。他們拿出手機，飛快地對了下時間。

「現在七點半。」左容報出螢幕上顯示的時間。

「嗯。」左易點頭，「半小時後聯絡一次。」

他們也不與後方的幾人多說幾句，自顧自地走進廢屋裡。

「等一下！」卓蘭的喊聲終究慢了一步，左容、左易的身影已消失在視線範圍，屋外只餘他們三人。

「那兩個在搞什麼鬼！」陳庭勳罵了一聲，一雙濃眉皺得緊緊的，額際的青筋正突突跳動。

「現在怎麼辦？」李律無力地問道。自從知道這棟廢屋有問題之後，他再也提不起任何勇氣了，深怕自己一轉頭或一抬眼，就會看到不該看的東西。

「還能怎麼辦？」卓蘭苦笑地聳聳肩膀，「當然是進去了。反正房子沒有很大，應該很快就能遇到左容他們了。」

「哈哈……是這樣嗎？」李律發出乾巴巴的笑聲，他望著眼前的三層樓建築物，聲音中透出一股恐懼，「該不會我們走進去後，就發現屋子變得更大了吧……」

□

夏蘿發著顫，光著腳丫子走在寬敞幽靜的走廊上，她渾身濕答答的，衣角不斷滴下水珠，左右手各拎著一隻鞋子。

「哥哥，你在哪裡？」夏蘿不安地輕喊著。她嘴唇發白，本就蒼白的小臉蛋此刻看起來就像是血色全失，連皮膚底下的血管都能看到。

夏蘿只記得她與兄長在公園的荷花池前等父親，但水裡突然發出了咕嚕咕嚕的聲音，引得他們好奇探看，卻沒想到竟在水裡看到一張臉。還來不及反應，欄杆突然鬆動，讓失去支撐的他們跌進了池裡。

冰冷的水不斷灌進口鼻，讓人無法呼吸，夏蘿的視界一片模糊，只能隱隱看到同樣摔進水裡的兄長拚命朝她伸出手。

然後呢？

夏蘿無措地咬住嘴唇，一雙烏黑的眸子流露出慌張。她只知道當她睜開眼睛的時候，已經倒在地板上，環繞在四周的霉味刺得她鼻子發癢，忍不住打了一個噴嚏。

讓夏蘿驚慌的，是周邊的景物。米白色的牆壁、蓋著白布的家具，還有一張滿是灰塵的雙人床，怎麼看都是許久無人使用的房間。

爲什麼掉進池塘裡的自己會出現在這裡？夏蘿的腦袋瓜子裡一片混亂，慌慌張張地從地板上爬起來，只想著要趕緊找到哥哥。

隻身走在安靜無比的長廊上，夏蘿縮著肩膀，小心翼翼地踏出步伐。右邊是一扇扇緊閉的門板，左邊是或敞開或破了洞的窗戶，微涼的夜風從外頭灌進來，讓她不禁打著哆嗦，手臂泛起一顆顆的雞皮疙瘩。

夏蘿覺得有些冷，她將原先提在左手的鞋子換到右手，空出來的那隻手拉緊領口，試圖讓自己不要那麼冷。

但造成她發冷的原因其實是那一身濕答答的衣服，才走了一會兒，夏蘿已經打了好幾個噴嚏。

即使覺得這個地方冷颼颼的，但讓夏蘿心裡更不安的，是她走的這條路好像沒有盡頭，又好像是在原地打轉，放眼所見都是重複再重複的景色。

夏蘿不是沒有試著打開房門瞧瞧，但房間的擺設看起來都一模一樣，她根本分不清楚自己有沒有在前進。

就在這個時候，一道細微如風的嗓音傳了過來。

「來我這裡……」

夏蘿反射性將鞋子抓在胸前，緊張地注視前方。就在不遠處，一道瘦小的身影正舉起手，朝她招了招。

雙方的距離有些遠，夏蘿看不清楚那人的模樣，只能隱約瞧見對方穿著一件碎花小洋裝，是女孩子吧。

「來我這裡……」

那道瘦小身影再次舉起手，像是在催促著她快點過來。

夏蘿沒有動作，她的太陽穴正隱隱作痛，像是被尖尖的小刺扎到，但她一時分不清，這是太冷了導致的頭痛，還是……

她正猶豫不決之際，一陣熟悉的音樂聲忽地響起，在靜得針落可聞的走廊上顯得清晰無比。

是哥哥的手機鈴聲！

但是，那聲音近得就像是從她身邊傳來一樣。

夏蘿慌慌張張地低下頭，小手在衣服上摸索，終於在口袋裡發現了正不斷發出鈴響的手機。

那是在掉進荷花池之前，夏春秋交給夏蘿保管的。

「哥哥！」夏蘿想也不想地按下通話鍵，將手機貼在耳朵旁邊。

「不要過去。」

分不清是男是女的平板嗓音，突地從手機另一端響起，泛著沙沙的聲響。

但也只有短短的這句話，手機裡頭就沒了聲音，彷彿剛才的通話只是一場幻覺。

夏蘿的視線慢慢從手機上移開，落在了前面不遠處的那道瘦小身影上。不知不覺間，兩人的距離只剩下短短幾公尺，近得足以讓她看清楚對方的模樣。

夏蘿瞳孔驟然一縮，她認出來了，那是她在荷花池水下看見的那張臉！

但是，不對！

夏蘿很快就發現哪裡不對勁了，除了臉蛋一模一樣，眼前的人還有著一頭長長的黑髮。

而她與兄長在荷花池那邊看到的人影卻是短頭髮。

夏蘿呼吸不禁急促起來，她覺得寒冷又害怕，但是那張小臉蛋卻努力地繃住表情，不願意流露出驚慌。

小女孩只要再往前走幾步就可以摸到夏蘿了，她歪了一下腦袋，朝夏蘿咧出一抹歡快的笑容，就像是一個普通孩子會有的天眞神色。

然而這副模樣落在夏蘿眼裡，卻讓她心裡警鐘大響。

小女孩的眼睛又大又圓，不見半絲眼白，只有一片沉闇闇的黑色。她的膚色蒼白，像是窗外的冰冷月光，然而嘴唇卻紅潤得如同會滴出血。

「我終於等到妳了。來，跟我一起走吧。」

夏蘿踉蹌地向後退了幾步，卻因爲退得太急反而絆倒自己，狼狽地跌坐在地，驚恐地看著小女孩朝她伸出手……

□

當悅耳的音樂響起時，左容猛地停了下來，神色一凜。

「怎？」與她並肩而行的左易挑高眉，他同樣聽到了聲音，卻絲毫不在意，只是隨意打量著幽暗的客廳。

這裡是廢屋的一樓，左容與左易先行一步進到裡頭，只是兩人正準備上樓之際，左容卻被突然響起的聲音打斷了前進的腳步。

「是春秋的手機鈴聲。」左容肯定地說，即使錯愕為何會在這屋子裡聽到熟悉的鈴聲，但她短短幾秒內就壓下了這股情緒，毫不遲疑地邁開步伐。

「妳是在作夢嗎？那個小矮子哪可能在橙華鎮。」左易幾乎要懷疑自己的姊姊是不是傻了，但還是緊隨在她身後，兩人一前一後地衝上二樓。

眼前是一條長長的走廊，月光從窗戶斜射而入，將幽暗的空間鍍上一層淺淺的銀輝。

就在他們不遠處，一道嬌小的身子跌坐在地，她的頭顱微仰，而一名穿著碎花洋裝的小女孩正朝她伸出手，臉上露出了笑，但這抹笑意在看到跑上二樓的左容、左易時，驟然停頓在唇邊。

「妳是誰？」左容的質問不帶任何溫度。

手機鈴聲已經停止，但從剛才的聲源判斷，的確是從二樓走廊傳出來的。她的眼神冷冽，戒慎地逡巡在兩道身影上。

跌坐在地板的小女孩聽到左容的聲音，肩膀一顫，隨即以著極快的速度回過頭，在看見身後的兩人時，那雙黑眸睜得更大了。

「小蘿？」左容不敢置信地喊出對方的名字，但很快地，她注意到夏蘿的手裡抓著一支黑色手機。

「小不點？妳爲什麼在這裡！」左易瞪著夏蘿的眼神就像是要將她瞪穿一個洞似的，然而質問才剛剛落在空氣裡，他的身體同時有了動作。

就見左易一個箭步衝出，在經過夏蘿身邊時，一把揪起她的衣領，手上傳來的濕意讓他眉頭緊皺，卻還是不帶猶豫地將對方拋向後方的左容。

所有動作一氣呵成，短短幾秒內，左易已欺近到那名穿著碎花洋裝的小女孩身前，而夏蘿則是毫髮未傷地落在左容懷裡。

「妳是誰？」左易的聲音泛出凶暴，俊美的臉孔沒有絲毫溫度，如此冰冷，卻又給人一種彷彿要被灼傷的錯覺。

小女孩沒有回答左易的問題，只是面無表情地注視他，然後視線又移向了左容。她忽地吸了吸鼻子，如同嗅到什麼味道。

「討厭的味道……討厭的血統。」

小女孩看著兩人的眼神忽然變得嫌惡起來，隨著這句話落下，她腳下的地板像是被極高的溫度融化般，化成了半流動的液體，不斷往下塌陷，連帶地也將她的身子吞入其中。

突來的變故讓左易伸出手時已是慢了半拍，轉眼間，陷落的地板便恢復如初，小女孩更是消失得無影無蹤，他的手裡只抓到一把空氣。

「媽的！」左易惡狠狠地罵了一聲，又往前走幾步，確定周遭沒有什麼不對勁之後，才轉身往回走，卻看到左容正脫下外套披在夏蘿身上。

先前手指碰觸到夏蘿衣領的時候左易有感受到一股濕意，但湊近看了之後才猛然驚覺對方簡直像是剛從水裡撈起來一樣，渾身濕答答的，不管是頭髮還是衣服都滴著水。

「喂喂，妳是掉到水裡了嗎？」左易表情凶惡，但替夏蘿頭髮擰水的動作卻很輕柔，「還有，妳怎麼會出現在這裡？」

「夏蘿不知道。」臉色蒼白的小女孩搖搖頭，將兄長的手機握得更緊了，「夏蘿和哥哥掉進了池塘裡，醒來後就出現在這裡了。」

「掉進池塘？」左易眼底先是湧現錯愕，接著又飛快地轉爲憤怒，「搞什麼鬼，夏春秋那傢伙在——」

左容做了個制止的手勢，截掉他未完的話，低聲詢問夏蘿。

「小蘿，妳知道哥哥在什麼地方嗎？」

夏蘿緊緊咬住嘴唇，吸了下鼻子，殊不知這細微的聲響聽起來就像抽噎聲似的。她那副強忍情緒的模樣讓左容心一沉，將夏蘿交到左易懷裡，逕自站起身。

「我去找爸和春秋。你先帶小蘿回旅館，之後再來跟我會合。」

得到左易點頭應允後，左容大步朝三樓方向走去。

幽暗的二樓走廊只剩下左易與夏蘿。

看著咬住嘴唇不說話的夏蘿，左易仔細檢查她一遍，確認身上沒有半點傷痕之後，替她將外套扣上。

「站起來，我們先離開這裡。」左易握住夏蘿有些冰涼的小手，牽著她走下樓梯。只是夏蘿每每走了幾步，總是會不時回過頭，那股不安的情緒強烈到連左易都感覺得到。即使沒開口詢問，他也知道對方在擔心夏春秋。

「喂，小不點。」左易將掌心裡的那隻小手握得更緊了，「妳沒事靠近池塘做什麼？」

夏蘿沉默了一會，終於輕聲說道，「跟哥哥在公園的荷花池等爸爸，要一起看煙火。」

「荷花池？綠野村什麼時候有這東西了？」左易訝異地挑起眉。在綠野村待了一段時間，別說荷花池了，連村裡今天要放煙火的消息都沒聽說過。

「不是綠野村。」

夏蘿小幅度地搖搖頭，稚氣的聲音說出了讓左易不敢置信的答案。

「是橙華鎮。」

「咳、咳咳……！」猛烈的咳嗽聲突然響起，夏春秋像是被嗆到一般，就這麼突然從昏沉中清醒過來。

他難受地捂著嘴巴，冷水灌入氣管的刺癢感還在，但手腳卻出乎意外地輕，沒有了被池水纏住的沉重感。

夏春秋一邊咳著，一邊慢慢張開眼睛。眼皮上彷彿還殘留水珠，濕淋淋的感覺讓他不舒服，反射性往臉上一摸，卻眞的沾到了水滴。

「怎麼回事？」夏春秋怔然地看著手上的水，然後僵硬地轉動脖子。此時的他並沒有陷在深黑的池水裡，而是躺在一座髒兮兮的浴缸裡。

貼在牆上的磁磚也覆著黑污，但勉強能看出一絲粉紅色。米色略帶透明的浴簾就垂在浴缸旁，讓他看不清外頭。

「浴缸？爲什麼我會……」夏春秋驚慌失措地撐起身體，衣服的重量感讓他意識到自己全身都濕淋淋的。

他清楚記得，他與妹妹原本是在公園裡的荷花池邊，然後欄杆鬆動，接著他們跌入了池塘裡——

夏春秋眸子猛地瞠大，從心底竄出的恐懼讓他手腳冰冷，甚至不自覺地發起抖來。

這裡只有他一個人，看不到夏蘿。

「小蘿！」夏春秋心慌地一把扯開浴簾，顧不得濕透的衣物讓人覺得難受，手腳並用地從浴缸裡爬起來，跌跌撞撞地衝出浴室。

門板被他用力地甩開，撞擊在牆壁時發出了清晰的回音。

「這是哪裡？」夏春秋愕然地看著像是沒有盡頭的長長走廊，一扇扇門扉立在右側，左邊則是窗子，帶點透明感的月光正從窗外斜斜射入。

夏春秋三步併作兩步地跑到一扇窗子前，以略嫌粗暴的動作將玻璃窗打開，清新的晚風頓時吹了進來，並且還挾帶著一股淡淡的泥土味。

歪斜的月亮正高掛在夜空上，房子周圍是樹林，繁茂的枝葉被風吹得沙沙作響。

這是森林？爲什麼自己會出現在這裡？夏春秋愕然看著周邊景色，大腦一片混亂。

他緊緊抓著窗沿，低頭向下望去，三層樓高的距離，下方雜草叢生，空蕩蕩的看不到任何人跡，充斥著一股荒涼又寂寥的氛圍。

夏春秋猛地縮回身子，用力甩甩頭，像是要將纏繞在心底的那絲恐懼甩掉。他掐著自己的手，指甲用力地陷入掌心，總算利用這股刺痛讓自己稍稍冷靜下來。

小蘿……他必須找到小蘿！

夏春秋做了一個深呼吸，背脊挺直，義無反顧地走進那條彷彿沒有盡頭的幽暗走廊。

「小蘿，妳在哪裡？」

一路上，夏春秋拉高聲音喊著，同時緊張地觀望四周。

走廊右側是一扇扇閉合的房門，他看著離自己最近的一扇門，握上門把，停頓數秒後，下定決心用力推開門。

房間裡飄著一股霉味，有些家具蓋著白布，有些家具卻沒有。窗戶是敞開的，懸在窗扉旁邊的窗簾被風吹得不住晃動，在地板上製造出狂亂的影子。

但是，看不到夏蘿的蹤跡。

夏春秋眼底滑過一抹黯然，不過他隨即振作起精神。這才第一間，他還有很多房間沒找過。

一定要找到小蘿！夏春秋暗暗為自己打氣，繼續往前走。

被開啟的房門越來越多，幾乎都是擺設大同小異的寢室，看起來沒有太大區別，其中還夾雜幾間書房、遊戲室。

「小蘿，小蘿妳在哪裡？」夏春秋大聲喊道，開門、進房幾乎變成一種機械化的動作，但他卻越走越心慌。

為什麼走廊依舊不見盡頭？為什麼房間數量如此之多？剛剛從窗戶探出頭往左右張望的時候，覺得這棟屋子看起來並不大，不像能容納那麼多房間，但是、但是……

夏春秋想到打開房門的數量，想到他在長長走廊上徘徊的時間，他走了多久？五分鐘？十分鐘？還是更久？

這個想法讓夏春秋背後一涼，彷彿有誰拉開他的後衣領將冰塊倒入裡面似的。他心慌又不安，卻還是強忍恐懼，一步步向前邁進。

這裡這麼黑，小蘿一定會害怕的……只要一想起妹妹那雙大眼睛裡流露出的畏懼，夏春秋的步伐就沒有任何遲疑。

做哥哥的，怎麼可以丟下妹妹一個人！

抱持著這個堅定的信念，夏春秋不斷呼喊夏蘿的名字，聲音在安靜的走廊上響著，卻只是撞擊出更加空洞的回音。

夏春秋又往前走了一段路，已經不再滴水的衣服貼在肌膚上，讓他身體發冷，鞋子同樣殘留著令人不適的潮濕感。他乾脆把運動鞋跟襪子脫下，赤著腳走在地上。

身後是一扇扇被他打開的房門，如同牆上裂開數道口子般，在幽暗中發出無聲的嘲笑。

遲遲找不到妹妹的焦慮累積在心中，夏春秋咬著嘴唇，突地停下腳步。

他站在一間同樣空無一人的房間裡，環視周遭一圈，最後視線停在被風吹得不停翻飛的窗簾上。

夏春秋只猶豫了數秒鐘，就大步走向窗前將那些窗簾扯下來，抱在手上走出去，但他不是繼續往前走，而是回頭走向那些被他打開門的房間。

一連拆了好幾條窗簾後，夏春秋抱著它們來到一間琴房。黑色的鋼琴覆著一層厚厚的灰，椅子與絨布織成的椅墊凌亂擺放。夏春秋看也沒看那些東西一眼，只是大步走到敞開的玻璃窗前。

目測一下窗戶與外頭地面的距離，他將那些窗簾一條條綁起，紮了一個個死結，好確定用窗簾做成的長長布條夠堅固。

如果再繼續漫無目的順著走廊走下去，眞的能找到夏蘿嗎？

最重要的是，夏春秋不認爲有哪棟房子的三樓會寬敞到遲遲不見樓梯，簡直就像是……這棟屋子想把他困在裡面似的？

這個想法雖然荒謬，卻也讓他一陣膽寒。他必須想個法子突破困境。

既然沒有樓梯可以離開這層樓，那麼就從外部突破吧。也因此，夏春秋才會決定拆下房間裡的窗簾，準備利用它們脫出這棟房子。

將所有窗簾都綁好之後，夏春秋抱著這條長長的窗簾布走到鋼琴前，將布條一端綁在鋼琴腳。

從窗外往下看，確認底下沒有任何異狀之後，他毫不猶豫地將由許多窗簾組成的長布條往下一扔。

輕飄飄的窗簾布在空中晃動著，雖然尾端沒有直接碰觸到地面，但兩、三公尺的距離卻不妨礙夏春秋的決心。

他深深吸了一口氣，有些笨拙地爬上窗台，掌心在不知不覺間已經滲出汗水，手指甚至微微哆嗦著。

下一秒，一雙手臂猛地纏住他的腰，以稍嫌粗暴的力道將他往後一拉。

砰的一聲，物體撞擊在地板上的悶聲在房裡響起，夏春秋驚慌失措地回過頭，看清身下之人後，一雙眼睛頓地瞪大——

第七章

腳步聲、心跳聲，明明不是特別吵雜的聲音，但在此時此刻卻如同擂鼓般在耳邊敲響。

左容三步併作兩步地往上跑，不管是失去蹤影的父親，還是下落不明的夏春秋，都讓她心裡湧出不安。

那張中性淡漠的臉孔比平時來得更沒有表情，但仔細一看，卻會發現細長的眼睛裡滿是焦灼。

一瞬間，左容甚至覺得樓梯漫長得像是看不見盡頭，但她不允許自己的意志出現動搖。

當通往三樓的最後幾個階梯出現在眼前，左容抓住樓梯扶手，一個施力往上躍，穩穩落在走廊上。

只有月光照耀的走廊安安靜靜，看不到任何人影。

奇怪的是，所有房門都向外敞開，此刻正咿呀咿呀地晃動著。

左容拿出手電筒，一邊跑一邊飛快掃過那些門戶大開的房間，試圖在其中捕捉到她急欲尋找到的目標。

很快地，走廊即將到底，卻還是沒有父親與夏春秋的身影。左容緊抿著唇，眼神比平時來得尖銳犀利。

經過倒數第二間房間前，她驀地停下步伐，映入眼底的畫面讓她心跳險些漏跳一拍。

一抹她再熟悉不過的人影正笨拙地爬上窗戶，左容清楚記得，這裡是三樓。

春秋！

左容呼吸一窒，連呼喊的時間也不願浪費，直接丟下手電筒，一個箭步衝過去，拚命往窗前之人的方向伸長了手，就怕一個疏忽會與眼前之人失之交臂。

但是，幸好，她還是抓住了夏春秋，她緊緊環住對方的腰，用力將他從窗台上硬拽下來，過大的力道讓兩人瞬間失去平衡，狼狽地跌倒在地。

夏春秋就像是受到驚嚇般地迅速轉過頭，在看見左容之後，本就瞪得大大的眼睛頓時睜得更大了。

「左、左容？」夏春秋震驚得幾乎說不出話了，只能傻愣愣地盯著那張中性俊雅的臉龐，還以爲自己是在作夢。

「是我。」左容輕輕替他撩開黏在額上的劉海，一碰觸才驚覺他的皮膚如此冰冷。

「啊，對、對不起！」夏春秋就像燙到似地跳起來，深怕自己把左容給壓壞了。

「沒事，不用介意。」左容也跟著站起，順道拍拍沾在衣服上的大把灰塵，「小蘿說你不見了，我很擔心。你還好嗎？」

「妳遇到小蘿了？她在哪裡？有沒有受傷？」夏春秋瞳孔一縮，反射性抓緊左容的手。

「左易陪在她身邊，除了全身濕透之外，沒有大礙。」左容安撫地拍了拍他的手背，簡扼地將先前的事講述一遍，「春秋，你們怎麼會掉進池塘裡？」

「池塘邊的欄杆突然鬆脫，我們……」夏春秋眼神一暗，一想起夏蘿落水時露出的驚慌神情，罪惡感便開始啃蝕他的心。是他沒盡到照顧好妹妹的責任，才會讓她遭遇這樣的事。

「沒事的。」左容突然開口，清冷的嗓音卻蘊含著真摯，「你跟小蘿都平安，這樣就好了，不須強迫自己去鑽牛角尖。」

她的話語像是帶著某種魔力，逐漸推開壓在夏春秋心上的那塊大石。對妹妹落水一事雖然還無法完全釋懷，但夏春秋也不願讓自己一直陷在消沉的情緒裡，他抬起頭朝左容笑了一下。

左容也回以一抹淡淡的淺笑。

「對了，左容爲什麼會在這裡？」得知妹妹無事之後，夏春秋問出在意的另一件事。

「我爸失蹤了，我們來找他。」

「伯父失蹤了？」夏春秋眼睛越睜越大，彷彿被這個消息震住了，好半晌才回過神來，「那那那，我們不要在這裡浪費時間了，要趕快找到——」

話都還沒說完，兩人突然聽見外頭傳來一陣拔高的尖叫，緊接著是乒乒乓乓的奔跑聲。

「小蘿？」夏春秋緊張地低呼一聲，腦海中第一個想到的是妹妹夏蘿。

「有左易在，不會是小蘿。」左容側耳傾聽一會，很快做出判斷，「一個，不，兩個人，腳步聲聽起來都是小孩子。」

「我出去看看狀況，左容妳先待在這裡等我。」聽到是小孩子，夏春秋不禁擔心起他們的安危。

「我跟你一起去。」好不容易才找到夏春秋，左容又怎麼可能任他一個人跑出去？她撿起先前掉在地上的手電筒，反握住夏春秋的手。

因爲一心掛念著屋子裡的其他小孩，夏春秋自然沒有注意到他們的手自始至終都沒有鬆開，兩人一前一後地離開琴房。

「有人在嗎？小朋友，你們在哪裡？」夏春秋一邊喊一邊搜索著房門大開的房間。

與純粹擔心小孩子的夏春秋相比，左容對於方才的尖叫聲則是抱持著疑慮。

這個時間點，誰家的小孩會出現在廢屋裡？難道也是像春秋和小蘿那樣，原因不明地被弄過來嗎？

他們又走進一間房，在裡頭轉了一圈，仍舊什麼人也沒發現。

「躲起來了嗎？」夏春秋喃喃低語，「床底下或衣櫃？」

「或許吧。」左容將手電筒的光線掃向床鋪底下，確定沒人後，又移開手電筒，拉著夏春秋退出房間。

「太安靜了。」左容神情雖然平靜，但眉頭卻微微擰起。

夏春秋反射性屏住呼吸，仔細聽著走廊上的動靜。正如左容所說，他們現在所在的走廊安靜到死寂的地步，方才的尖叫與奔跑聲就像是一場幻覺。

夏春秋正想開口說些什麼，卻發覺左容眼神驟然一厲，正瞪著某個方向。他下意識跟著望過去，赫然看見自隔壁房間裡探出的半張臉。

細細的眉毛、黑亮的大眼睛，那是一名年紀看起來很小的男孩子，他就像是被左容和夏春秋嚇到般，露出呆怔的表情。

三人就這樣你望我、我望你，最先回過神來的是夏春秋。

「你是……」夏春秋想起了偶然在旅館二樓見到的孩子。

這兩個字透出了似詢問又像是想要確認的味道，左容訝異地瞥了夏春秋一眼，手電筒飛快朝小男孩照過去。

突來的光線似乎讓對方受到更大驚嚇，捂著臉尖叫一聲，以最快速度衝出房間，簡直像是怕被夏春秋他們捉住一樣。

「等一下！小朋友，你等一下！」夏春秋大吃一驚，連忙與左容追上去。

手電筒的光一路追在小男孩身後，很快就來到樓梯口，奔跑聲迅速朝二樓延伸。

夏春秋還來不及思索為什麼一下子就找到樓梯，反射性便往下跑。可才追到二樓的走廊，就發現小男孩的身影消失了，不過緊接著，走廊底端的房間忽地傳來一陣匡噹匡噹的聲響，像是有誰撞翻了東西。

夏春秋和左容對望一眼，立刻往聲音方向追去。

房間裡，只見一個箱子零亂地翻倒在地，裡頭玩具灑落，卻沒有看見小男孩的蹤影。

「是自己掉下來的嗎？還是……」夏春秋鬆開左容的手，蹲下身，撿起一個已經掉漆的玩具車，不解地皺起眉。

「春秋，你認識剛剛的小孩？」左容一邊問，一邊拿著手電筒照了房間一圈，發現房裡的椅子和桌子都是設計成適合小孩子使用的高度，再加上櫃子擺放的模型及玩具，在在說明了這裡是孩童專用的遊戲間——雖然此刻滿布了灰塵、蜘蛛網和霉味。

「也不算認識，我是在……」夏春秋放下手裡的玩具車，本欲脫口而出的句子卻莫名卡在舌尖上。他眨了眨眼，似乎覺得有哪個地方不太對勁。

他記得他是在旅館二樓的房間看見那個孩子的，但是他又覺得自己在其他地方也看過相似的臉孔……

夏春秋閉上眼，仔細搜索腦內，如同拉開一格格抽屜，要把藏起來的那段記憶挖出來。

鏡子裡倒映出的男孩身影，與荷花池下看到的蒼白臉孔漸漸疊合在一起……

夏春秋猛然睜開眼，顫顫地倒抽一口冷氣。

是了！他怎麼會忘記呢？不管是剛才看到的小男孩，抑或是旅館房間裡見到的孩子，都與他在跌進荷花池之前看到的水中倒影有著一模一樣的臉孔。

只是前者的眼睛黑白分明、表情天真，後者卻是眼裡一片濃黑、神色陰森，這強烈的落差，讓他在三樓看見那個小男孩時，一時無法將兩者聯繫起來。

「怎麼了？」察覺出夏春秋聲音裡的異樣，左容警覺地看過去，發現他臉色發白，顏色本就淡的嘴唇更是褪得連一絲血色都快看不見。

「是他……是那個孩子……」夏春秋搖搖晃晃地站起來，神情驚恐中帶著恍惚，「我跟小蘿掉進池子裡之前，在水裡看到了他……」

當左容上樓尋找夏春秋的時候，左易正牽著夏蘿的手往一樓走去，老舊的木頭樓梯被他們踩出嘎吱嘎吱的聲音，在寂靜的夜晚裡顯得格外吵雜。

沒有花費太多時間，他們便來到了寬敞的客廳。左易站在樓梯前，習慣性地先掃視四周一圈。

當他的視線停駐在客廳其中一側時，臉色驀地一沉。他記得那裡原本有一條走廊，但此刻卻只看見一堵牆壁立在那邊，彷彿這棟廢屋的一樓只有廚房與客廳。

這屋子果然有問題。左易將夏蘿的手牽得更緊了，對於那道莫名其妙出現的牆壁沒有探查的欲望。現在最重要的就是帶夏蘿離開這個地方。

然而一直被他牽在身邊的小女孩，自從來到一樓之後，便不發一語。

夏蘿本就少言，只是這個時候卻安靜得讓人不安。左易垂眼看向那張無表情的小臉蛋，卻發現她的睫毛正快速撲搧著，細細的眉毛也蹙了起來。

「喂，小不點，怎麼了？」左易摸了摸她的額頭，體溫微涼，並沒有發燒。

「有人在唱歌。」夏蘿抬起頭，眼神流露出一陣茫然，「在夏蘿的耳朵旁唱歌。」

左易當下將夏蘿往自己懷裡一帶，仔細聽著周圍動靜。但除了兩人的呼吸聲之外，沒有任何異狀。

客廳靜得針落可聞，窗外的風聲與枝葉摩挲聲是唯二最清楚的聲音了。

這種狀況下的正常，反而才是真正的異常。

左易眼神凌厲，雙手護在夏蘿身前，回頭看了眼通往二樓的蜿蜒樓梯。

沒有聲音，走路的聲音也好，奔跑的聲音也好，卻一點聲響都沒有，甚至連隻字片語也捕捉不到。扣除掉在一樓的他與夏蘿，至少還有四人待在這屋子裡。

不該這麼安靜的。

「小易。」夏蘿試著讓自己的聲音聽起來平順，卻還是控制不住尾音的顫抖，「那個聲音，好吵。」

「這樣呢？還聽得到嗎？」左易捂住她的耳朵，低低問道。

夏蘿想要搖頭，想要假裝自己其實沒有那麼不舒服，可是徘徊在耳邊的沙啞女聲卻是一遍又一遍地對她低聲吟唱。

如果沒有你，日子怎麼過……我的心也碎，我的事也不能做。

如果沒有你，日子怎麼過……反正腸已斷，我就只能去闖禍。

感覺到雙手包覆住的小腦袋沒有搖頭，但也沒有點頭，左易臉色越發陰沉。並不是針對夏蘿，而是惱怒自己對這些神神鬼鬼的事無能為力。

「我們走。」他握住夏蘿的手，當機立斷地帶她往大門的方向走。

門是大開的，讓人一眼就可以看見被月光鍍出一層迷離色澤的蓊鬱森林。美則美矣，卻也更添幾絲陰森氣息。

就在左易與夏蘿只差幾步就可以抵達門口之際，那扇黑色的大門卻像是被無形的手用力拉扯，砰的一聲重重關起。

「搞什麼鬼！」左易表情難看到不能再難看，他示意夏蘿往後退幾步，自己則是大步走到門前，握住鏽跡斑斑的門把，試著轉動幾下。

沒有上鎖，但是門板卻像是被焊死了，紋風不動。

彷彿有誰不希望他們離開這裡。

這個認知讓左易怒極反笑，唇邊彎出一抹野蠻又不馴的弧度，伏低身子，肩膀前傾，往這看似破敗的大門用力撞了幾下。

門板隱約有鬆動的跡象，灰塵窸窸窣窣地落下。

左易舒展一下肩膀，眼底利光更盛。他將身子壓低，正準備再次撞向大門之際，一道繃緊的呼喊聲卻乍然止住他的動作。

「小易！」

左易迅速轉身看向後方，駭然地發現夏蘿腳下的地板像是軟化的泥巴，逐漸將那具嬌小的身子吞入其中。

夏蘿慌慌張張地想要拔出自己的腳，可是她越動卻陷得越深，不一會兒，膝蓋以下都沉了進去。

「小不點！」左易拔腿衝過去，一把抱住夏蘿，使勁將她拉離那個地方。

夏蘿先前所站的位置已經不再能稱爲地板了，它看起來又軟又黏稠，像是不祥的黑色沼澤，從裡頭竟伸出了一根根皎白的手指。柔弱細長的手指彷彿白花開綻，在幽暗的大廳裡顯得格外妖嬈詭異。

「夏蘿……」

「我聞到妳的味道……好香好香……」

誰的聲音在呼喊，忽輕忽重，不時夾雜著稚氣的咯咯笑聲。

手指慢慢移動，彷彿有自主意識地追尋著左易與夏蘿。門前地板已全數軟化下陷，更多的手指從裡頭竄出，死白的顏色不斷搖曳，刺痛人的眼。

左易連退數步，夏蘿驚慌地環住他的脖子，抓在手裡的鞋子卻不小心一鬆，咚地掉落在地板上。

如同嗅到血腥味的鯊魚，蒼白手指突然加快滑動的速度，貪婪地拽扯那雙小巧的鞋子，轉眼間將它拖進深處。

這幅畫面讓人不寒而慄，左易更加用力地抱住夏蘿，那力道緊得像是要將她嵌入懷裡。

一雙鞋子顯然無法讓那些白色手指滿足，它們再次沿著左易、夏蘿的腳步移動、蠕動著，想要抓取更多。

左易俐落地避開那些出現異狀的地板，一個縱身跳上樓梯，幾乎鞋尖剛點地，他就借著反彈的力道往上疾跑，一次連跨兩、三級階梯。

誰也沒注意到，客廳裡那道不該出現的牆壁就像是被拆掉的積木一般，一塊塊磚頭落了下來，但當它們掉落地面後，立即被那些白色手指拖進地板裡。

很快地，一條幽暗的長長走廊又出現在客廳旁邊。

窗外月光斜射而入，陳庭勳、李律、卓蘭三人此刻正走在一樓的走廊上，輕重不一的腳步聲，以及略微急促的呼吸聲，構成了背景音樂。

當一個人的神經越是緊繃，五感就會變得越發敏感，一點小小騷動都可以被感官放大數倍。

卓蘭走在最前方，她握著手電筒，仔細將那些緊閉的房門打開。緊貼在她身後的是李律，那張俊俏的臉孔滿是緊張。墊後的是陳庭勳，這是因爲李律死都不肯走在最後方，他深怕一不小心就會有什麼攀上背部或肩膀。

對於同學的神經質，陳庭勳只是送去一記鄙視的眼神。一向容易吸引女性注目的李律，其實是不折不扣的膽小鬼。

爲了尋找宋巧依的下落，三人原本與左容、左易一塊來到這棟廢屋，然而左家雙子的字典裡顯然沒有「團隊合作」這四字，自顧自地先行進入。

陳庭勳與卓蘭等著李律做好心理建設、走進客廳時，已經看不見兩人的身影了。

「或許是上樓了吧？」卓蘭猜測。畢竟一樓沒有聽到什麼聲音，一片死寂。

基於那兩人可能在二樓或三樓，他們決定從一樓開始調查。於是，客廳右側的走廊就成了他們的優先選擇。

不知道是不是卓蘭的錯覺，她總覺得這條走廊好像比白天走起來更加漫長。

「該不會我們走進去後，就發現屋子變得更大了吧……」

腦海中不期然浮現李律遲疑的聲音，卓蘭心臟一跳，抓著手電筒的手指頓時緊了緊，但很快地，她就甩掉這個荒謬的想法。

房子怎麼可能變大呢？她笑自己的異想天開，又推開一扇房門走進去。就在她專心打量房間的時候，背部突然被人戳了戳。

「卓蘭，妳看前面。」

戳她的人是李律，他的視線正落在前方地板，那裡落著一隻鞋子。

卓蘭向前走幾步，拎起鞋子看了一下。鞋子的尺寸相當小，一看就知道是小孩子的。問題是，這隻鞋子看起來還很新，不像客廳其他家具都灰撲撲的。而且卓蘭記得，白天時她並沒有看到這隻鞋子。

「該不會有小孩子跑進來了？」她納悶地問。這棟屋子荒廢多時，對於一些好奇心重的人，很適合拿來試膽或探險。

「要找一下嗎？」李律的聲音有點遲疑。左書樓與宋巧依的失蹤已讓他們焦頭爛額，如果再多找一個可能是來探險的小孩，感覺費時又費力。

「哪個死小鬼那麼無聊跑來這裡，不要出事了才哭著跑回去。」陳庭勳沒好氣地說。他一心掛念著宋巧依，並不想被莫名其妙的小孩子打亂。

「總之，我們看情況吧。」從兩個同學的語氣與表情，卓蘭自然知道他們並不想多蹚渾水，她將鞋子放回原位，繼續往前走。

依舊是她領頭，李律居中，陳庭勳墊後。

走廊很快就到了盡頭。卓蘭拿著手電筒隨意掃了下周邊，緊接著忽然發出疑惑的單音，清秀的臉孔上浮現詫異。

「怎麼了？」李律心臟一跳，反射性地東張西望。

後方的陳庭勳也立刻湊上前。

「有一扇門。」卓蘭將手電筒的光挪向角落，在那邊有一扇滿是鏽斑的鐵門。

「呼……不要嚇我啦。」瞧見引起卓蘭注意的只是一扇不起眼的鐵門，李律頓時鬆了一口氣地拍拍胸口。

「下午時，我們有看到這扇門嗎？」卓蘭眉頭皺起，不太確定地問。

「可能不小心忽略了吧。」李律聳聳肩膀，「妳看，走廊上的房門都是整齊地並排而立，只有這個角落的門向壁面裡頭凹陷，我們沒注意到也很正常。」

卓蘭顯然被李律說服了，立即將心裡的那點疑惑拋諸腦後。她盯著鐵門半晌，忽然朝門伸出手。

「卓蘭妳……」李律連忙開口阻止，「不要吧？門都上鎖了，妳幹嘛還要打開？」

「我只是好奇這扇門的後面會是什麼。」

由於鏽斑極多，門閂被拉動時發出拐咿拐咿的刺耳聲音，讓人有種想把耳朵捂起來的衝動，卓蘭費了好一番力氣才拉開門閂。

她拍拍沾在手上的鐵鏽，輕輕將鐵門向裡頭一推，手電筒的光芒緊隨在後地照進去。

李律與陳庭勳壓不住好奇地湊過來一看，映入眼底的是一條向上延伸的狹窄樓梯，讓人鼻子發癢的霉味不斷湧出。

手電筒的光掃過樓梯間的壁面跟天花板，厚厚的灰塵與結在頂上的蜘蛛網顯示著這裡許久無人通過。

「要進去嗎？」李律的聲音充滿了不情願，那些霉味讓他很想打噴嚏。

「爲什麼不？」卓蘭輕飄飄地回了這四個字，逕自邁開步伐，拾階而上。

李律哭喪著臉跟上去。

陳庭勳撇撇嘴，嘲笑同學的膽小如鼠。正當他也準備踏上樓梯時，一道細細的聲音忽然拂過耳邊。

「阿勳……」

熟悉甜美的呼喚讓陳庭勳一震，他飛快轉身出了鐵門，著急地搜尋聲音來源。

卓蘭與李律並沒有注意到陳庭勳脫隊了，他們正謹慎地看向前方不知通往何處的漫長樓梯。

陳庭勳急著想找到聲音來源，就在他想要回頭去喊上樓的兩人時，那道呼喚再次響起。

「阿勳，我在這裡……」

柔弱的嗓音如同在指引著他，一聲聲，綿延不絕，輕柔到如同嘆息的呼喚不停騷動著陳庭勳的心。

他滿腦子想的都是要快一點找到宋巧依，根本沒有注意到身後的鐵門正慢慢地消失，只留下一堵平滑的牆壁，再也找不到絲毫縫隙。

陳庭勳急匆匆地跑進位在走廊中段的房間，下一秒，他的眼睛不敢置信地瞪大，呼吸幾乎要停止了。

出現在眼前的，是不屬於一樓任何房間的擺設。

質地柔軟卻積滿了灰塵的雙人床，有著鏤空花紋的白色圓桌，裝設在落地窗的白紗窗簾正被風吹得輕輕翻騰。

陳庭勳清楚記得這些家具該出現在哪個房間，這裡赫然是主臥室！

但是，他明明是在一樓的啊。

「怎、怎麼可能？」陳庭勳控制不住聲音裡的哆嗦，他慌張地四處張望，視線卻忽然定格。

在雕刻精美的梳妝台前，一道纖細身影正背對著他端坐在那裡。

當卓蘭和李律發現到不對勁的時候，是在他們走了一段樓梯之後。

由於在行走時沒人出聲，因此迴盪在樓梯間的腳步聲便顯得格外清晰。一道、兩道，卻始終沒有聽見第三個腳步聲。

「欸，卓蘭……」李律緊張地嚥了嚥口水，「妳能不能用手電筒照一下我的後面？」

卓蘭停下腳步，手電筒如他所願地往後方一掃，幽暗的樓梯間卻看不到陳庭勳的身影。

「咿——不、不見了！」李律驚恐到連說話都結結巴巴了。

「阿勳！」卓蘭不安地拉高聲音喊道，但除了回音之外，並沒有人應和她。

她抓著手電筒的力道不自覺加重，繞過李律往下走了幾步。依照卓蘭心中的估算，他們剛剛走的樓梯並不算長，照理說，還可以看得到接連樓梯與一樓走廊的入口處。

然而在手電筒光芒的映照下，卻只能在樓梯底端看到一面堅實的牆壁，那扇鐵門就像是平空消失了。

李律也看到了這幅畫面，驚慌地倒抽一口冷氣，如果不是他一手撐住了牆壁，只怕會膝蓋一軟，跌坐在樓梯上。

「門……不見了。」卓蘭不敢置信地瞪大眼。

「我、我就說不該進來這棟房子裡的！」李律的聲音帶上了哭腔，「現在怎麼辦？」

卓蘭也很想問怎麼辦。樓梯間只剩下她和李律，但瞧著對方一副快要哭出來的模樣，卓蘭只能壓下恐懼，試圖讓自己的聲音不要發抖。

「繼續、繼續往前走吧。」她故作鎮定地說。

「還要上去？」李律拔高了聲音問道。

「除非我們有辦法下去。」卓蘭又將手電筒的光照向樓梯底端的牆壁。在後方無路的情況下，往前走成了唯一選擇。

卓蘭往回走幾步，站到李律的前方。

看著好友慘白得像是下一秒就會昏厥的臉，她閉了下眼，再睜開時，語氣堅定道，「阿律，我們要用跑的囉。」

「什、什麼？」李律一時反應不過來，茫然地瞪大眼。

但是當他看到卓蘭飛快向上跑的動作，求生的本能讓他想也不想地跟著拔腿就跑。

「等我一下啊，卓蘭！」

兩人一前一後跑在樓梯上，腳步急促、呼吸凌亂，在狹窄的樓梯間製造出吵雜的回聲。誰也不敢放慢速度，只想著趕快脫離這長得像是無止境的樓梯。

汗水覆在卓蘭的額上，肺部裡面像是有火在燒。她的體力本來就不算好，這一陣狂奔自然讓身體不堪負荷。

就在她大口喘著氣、猶豫要不要停下來休息一下之際，手電筒的光猛地照出一扇緊閉的門扉，就在前方不遠處！

這個發現讓卓蘭和李律精神振奮了起來，鼓起殘存的力氣，拚命往前跑。卓蘭伸出手，握住門把用力一轉，只聽見喀啦一聲，門扉應聲開啓。

從樓梯間衝出來之後，兩人連觀察周邊環境都顧不上，一屁股跌坐在地上喘著氣，就怕再不緩上一緩，肺部眞的會在下一秒炸裂。

「感、感謝上帝……」李律雙手撐在地板上，每說一個字就喘一口氣，汗水不斷從髮梢滑落。

好一會兒之後，卓蘭總算重新掌握呼吸的節奏，不再喘得像是壞掉的風箱，她慢慢站起來，拿著手電筒往四周照一圈。

在眼前展開的是一條昏暗的走廊，一邊是房間門，一邊是窗戶。卓蘭走到其中一扇敞開的窗戶前，探出頭往下看，三樓高的距離讓她立即得出了他們的位置。

「竟然跑到了三樓？」卓蘭皺眉，有絲疑惑。方才在樓梯間奔跑的路程，只有三樓那麼短嗎？

「不、不管是幾樓，只要可以離開剛剛的樓梯就好。」李律也站起身，鬆了口氣地抹把臉，「卓蘭，我們現在怎麼辦？」

「阿律。」卓蘭嘆氣，「你就不能自己決定一次嗎？一直問我怎麼辦的，我只是個手無縛雞之力的女孩子。」

「不要這樣說嘛，卓蘭。」劫後餘生的安心感讓李律緊繃的情緒鬆懈下來，他撥了撥汗濕的劉海，試圖露出一抹帥氣的笑容。

卓蘭翻了個白眼，選擇無視自家同學，朝離他們最近的房間走去。

覆著灰塵的房門並沒有完全掩上，卓蘭輕輕一推，就將門推開了。裡面的家具不像客廳那樣覆著白布，厚重的灰塵積在上頭。奇怪的是，本應懸掛在窗戶兩邊的窗簾卻失去蹤影，只剩下一些碎布掛在窗上。

卓蘭率先走進去，手電筒的光先停留在天花板上，接著再移向家具與地面，沒有任何發現。

接著，光芒又照向一些較爲隱蔽的位置，一一檢查了遍桌子和床鋪底下。

「有發現什麼嗎？」李律隨意地東張西望。

「唔，沒什——」最後一字還含在舌尖，卓蘭雙眼忽地瞇起，手電筒迅速朝某處照去。

就在剛才，她聽到很細很輕的聲音，幾乎要讓人以爲是錯覺。

手電筒光線筆直地照在衣櫃上。

那是個看起來頗有年代的木衣櫃，櫃門的漆掉得有些嚴重，露出裡層顏色較淺的木頭。

李律反射性地揪住卓蘭衣角，緊張地瞪著衣櫃。它的體積相當大，就算躲進一個人也沒有問題。換句話說——

卓蘭示意李律鬆手，自己往前走了幾步。下一剎那，她猛地拉開一邊的衣櫃門，與此同時，手電筒的光照進櫃子裡。

「呀！」一名年幼的小男孩雙手擋住臉，發出畏怕的尖叫聲。

「啊！」李律也跟著發出驚叫，急急忙忙往後退幾步。

卓蘭被兩人拔高的聲音搞得心臟一跳，差點就要將衣櫃門甩上，若不是她恰好看到小男孩打著赤腳。

她想到掉在一樓的鞋子，對方的身分呼之欲出。

找到了！卓蘭在心裡鬆一口氣。幸好剛剛聽到了那記聲響——也許是手臂撞到衣櫃，還是什麼的——否則她還真沒想到，鞋子的主人竟然會躲在衣櫃裡。

「阿律，是那個在一樓弄丟鞋子的小孩。」卓蘭回頭喊了一聲，卻發現李律早已躲至門口，兩隻手緊張兮兮地抓著門框，顯然一有不對勁就要馬上逃跑。

瞥見卓蘭瞬間變得銳利的視線，李律尷尬地鬆開手，改而抓了抓頭髮，故作鎮定地走到衣櫃前方。

「抱歉、抱歉。」李律雙手合掌地向卓蘭陪笑，不過當他看向躲在衣櫃裡的小男孩時，立即板起一張臉，擺出一副橫眉豎眼的表情。

「小鬼，你躲在裡面做什麼？還不快給我出來。」李律粗聲粗氣地說。他想在卓蘭面前扳回一點男子氣概，所以態度才突然強硬起來。

但對於一名已飽受驚嚇的小男孩而言，這樣的威嚇足已讓他受到刺激，頓時就見衣櫃內的小男孩刷白臉，面露恐懼，小小的身體瑟瑟顫抖，豆大的淚珠在那雙驚恐的大眼內打轉，眼看就要宣告潰堤。

李律沒想到對方說哭就哭，一時僵在原地，進退不得。

「阿律你讓開。」卓蘭沒好氣地睨了同學一眼，直接將面色尷尬的李律揮到旁邊去。卓蘭一邊舉著手電筒，注意小男孩的一舉一動，一邊露出一個友善的笑臉，「小朋友，只有你一個人嗎？你怎麼會躲在這裡面呢？」

小孩是相當容易因爲外表而決定好惡的生物。

一瞧見對自己微笑的是看起來和善好相處的大姊姊，原先還面露恐懼的小男孩吸了吸鼻子，情緒似乎比剛才穩定許多，一雙大眼睛怔怔地望著卓蘭。

卓蘭伸手在口袋裡摸了摸，掏出一顆糖果。

「小朋友，你喜歡糖嗎？」她將未拆封的糖果拿到小男孩面前晃了晃，「你出來的話，這顆糖果就送給你喔，然後大哥哥和大姊姊再送你回家。」

這個引誘顯然非常有效果。

豆大的淚珠不在眼眶裡打轉了，小男孩嚥嚥口水，手腳並用地爬出衣櫃，在接到卓蘭遞來的糖果後，小臉上最後一絲不安也跟著消失無蹤。

卓蘭和李律仔細打量這名誤闖廢屋的小男孩。

男孩的小臉蛋稚氣白皙，有著一雙黑白分明的大眼睛，雖然膚色蒼白了一些，但總歸來說，是個看起來挺討人喜歡的孩子。

「小朋友，能告訴姊姊你叫什麼名字嗎？」卓蘭又問。

緊握糖果的小男孩看了卓蘭一眼，小小聲地說：「……祐祐。姊姊，妳可以幫我找姊姊嗎？祐祐是跟姊姊一起的，可是要躲可怕的人，所以分散了……」

「咦咦咦，意思是我們還得再去找另一個小鬼嗎？」李律驚呼，當然少不了招來卓蘭的一記警告視線。

「祐祐，你知道姊姊躲在哪裡嗎？」卓蘭柔聲地問。

祐祐卻是可憐兮兮地搖搖頭。

卓蘭和李律再次交換視線，視線中有著「兩姊弟幹嘛躲不一樣的地方」、「誰知道」、

「一定要去找嗎」、「不找的話你就自己留下來」之類的意思。

最後，兩人得出了結論。

「總之，我們一邊找巧依，一邊注意另一名孩子躲在哪裡。」卓蘭這樣說道。

第八章

三樓並沒有再找到任何人。

即使衣櫃、床頭櫃、床鋪底下、桌子底下全都沒有放過，但卓蘭和李律始終沒有發現祐祐姊姊跟宋巧依的身影。

祐祐看起來快要哭出來了，而李律與卓蘭的心情也越加凝重。

「啊啊，另一個小鬼到底是躲到哪裡去了？」李律哭喪著臉，頭髮已被他撓得亂七八糟。

「三樓和一樓都沒人的話，那就只能是二樓了。」卓蘭低聲說道，「應該不可能跑到屋子外面吧。」

「噢，拜託不要。」李律捂著臉。在廢屋裡找人已經夠痛苦了，他不想再去搜查那一片幽暗可怕的森林。

三樓搜尋了一圈卻沒有任何結果，卓蘭決定要到二樓。她拿手電筒照路，負責打前鋒，李律則是牽著祐祐的手，跟在卓蘭身後，心底卻緊張得不得了，深怕後面會突然出現什麼。

樓梯間也同樣安靜，似乎除了卓蘭等人的腳步聲和呼吸聲外，便再無其他聲音。

不論是卓蘭或者李律，都覺得事情越來越不對勁。他們在一樓沒有遇到左容、左易，在三樓也沒看到那兩人；而站在連接一樓與三樓的樓梯口時，依舊沒有聽到半點聲音。

別說是祐祐的姊姊了，就連左容、左易，也好像在這間屋子裡徹底消失一樣。

「卓蘭，會不會……太安靜了？」李律顫顫地開口，投向二樓走廊的視線帶上了畏懼。

「眞是奇怪……」卓蘭輕聲回應。他們現在還沒找的地方只剩下二樓和廚房，可是別說聽不見任何聲音，從他們的位置來看，也沒看見走廊上有誰的身影。

即使如此，卓蘭還是決定親自去確認一下。說不定左容、左易、巧依，或是祐祐的姊姊，都恰好待在其中一間房裡。

卓蘭正準備離開樓梯口，卻聽見李律訝異的聲音。

「祐祐，怎麼了嗎？」

卓蘭回過頭，看見被李律牽著的小男孩正不時用手背擦著自己的臉。

這動作有點古怪，卓蘭不禁有些擔心。

「臉臉……癢癢……」祐祐仍不停用手背擦臉。

卓蘭將手電筒的光調轉過來，想要看清楚祐祐是不是被蟲子咬到，一雙眼睛卻突地張大，視線落在祐祐腳下。

「咦？」她連忙彎下身子，「祐祐，你把腳移開一下好不好？」

小男孩乖巧地抬起左腳，這個動作讓李律注意到，原來祐祐腳下踩著一張泛黃的紙。

「這是……？」卓蘭撿起那張紙，同時將手電筒舉高，讓光線照射在上頭。

那是一張看起來極為老舊、泛黃的報紙，彷彿太用力就會碎成片片。

李律好奇地湊過來，光線清楚照出報紙上的黑字。

手段凶殘，鋼琴老師遭人砍傷，刀刀見骨。

卓蘭皺著眉，將副標也迅速掃過一遍。大意是一名鋼琴老師被發現倒在森林，身上遍布刀傷，幾乎每一刀都深可見骨，讓她奄奄一息；而她的住所則遭人翻箱倒櫃，不少財物失竊。警方研判，這是一起強盜傷人事件。

凶手對一名手無縛雞之力的女子居然可以下得了如此重手，這讓卓蘭感到極不舒服。

她又看了下文字報導旁刊載的照片，照片裡有一幢三層樓建築，黑頂白牆，那外型、那模樣，竟和他們此刻待的屋子一模一樣！

卓蘭連忙再看向報紙上的日期和新聞報導的地點，時間是七年前，而地點就是他們所待的橙華鎮。

「咿！這裡果然是一棟凶宅！」看完報導內容，李律不只頭皮發麻，腳底也涼颼颼的。

「不要亂說，屋裡又沒有人死掉！」卓蘭輕斥一聲。

「沒、沒人死掉的話，那巧依為什麼會不見？一定是、一定是有鬼在作祟……」李律仍舊堅持自己的想法，但話說到一半忽然頓住，他注意到祐祐的動作。

那孩子還是不停用手背擦臉，而且力道越來越大。

「祐祐，你是怎麼了？你的臉有那麼癢嗎？」

「很癢啊……」祐祐以快哭出來的語氣說道，他擦臉的動作漸漸加大，甚至抽出了讓李律握著的手，用兩隻手的手背不停拚命擦臉。

那動作，大力得像是要把皮膚擦去一層一樣。

「祐祐？」卓蘭心驚地喊了一聲。

「很癢啊，眞的很癢啊……」祐祐哽咽著說，下一刹那，他突然抬起頭，大哭地尖叫出聲，「眞的很癢啊——」

那張抬起的小臉上，竟什麼也沒有。眉毛、眼睛、鼻子、嘴巴，全部都沒有，就只是一張光滑如水煮蛋的面龐。

卓蘭和李律驚駭地倒抽一口氣，但這同時也使得他們喪失了反應的先機。

失去五官的祐祐猛然伸手將卓蘭向前一推。

毫無防備之下，卓蘭驟失平衡，朝著下邊的樓梯跌落。

「卓蘭！」李律大駭，急忙捉住卓蘭的一隻手臂，使勁向後一拉，眼看就要成功止住對方向前跌落的勢頭。

可李律沒想到，就在這瞬間，他身邊的牆壁忽地蠕動起來，一名渾身蒼白的小女孩從裡頭伸出手腳，以僵硬又不可思議的姿勢，快速爬至李律身後。

然後用力一推——

陳庭勳猛然瞪大眼，怔怔地看著坐在梳妝台前的纖細身影。

裸露在洋裝外的白皙肌膚，褐色的短鬈髮，這些特徵構成了他極爲熟悉的一道背影。

「巧依？」陳庭勳向前走了一步，卻突地聽到砰的一聲，回頭一看，原本在身後的門竟消失得無影無蹤，只剩下一堵光滑壁面。

陳庭勳愕然地拍著牆壁，從掌心上傳來的堅硬觸感告訴他，這不是作夢。一連敲打幾下之後，他終於放下手，強迫自己將心思放到宋巧依身上。

奇怪的是，不管是他最初的呼喚，或是方才敲打牆壁所製造出的聲音，都沒有引起身影的回視。

「巧依？」陳庭勳試探性地喊，往梳妝台的方向走過去。

這間主臥室的格局他並不陌生，下午時分，他與宋巧依曾進入裡面。

陳庭勳前進的腳步有些緩慢，帶著一抹小心翼翼，連他也說不上來爲什麼。照理說，發現宋巧依他應該覺得開心，可是那道背對著他的身影太安靜了，身體線條僵硬得讓人心驚膽跳。

陳庭勳像是怕驚動梳妝台前的身影，每個步伐都放得極輕，不敢製造出太大的聲音，原本極短的距離在這一刻顯得如此漫長。

當他終於接近那座精美的梳妝台時，看見寬大的鏡面上映出宋巧依甜美但蒼白的臉孔，只是眸子卻是緊閉的，這讓她看起來就像是一尊漂亮的洋娃娃。

「巧依，妳醒醒。」陳庭勳輕輕推了推宋巧依的肩膀，還未來得及為她冰冷的體溫感到詫異，就看見那道纖細的身子晃了晃。

然後，頭顱咕咚地掉落地面。

「啊啊啊啊啊！」陳庭勳駭然尖叫，只覺得眼前的一切是場惡夢。

宋巧依的脖子切面光滑平整，艷麗的紅色成為她身上最鮮明的色彩。

「不是我，不是我的錯！」陳庭勳驚慌失措地大喊，全身溫度像是瞬間被抽光，冷得他牙關格格打顫。

已經失去頭顱的纖細身子，依舊直挺挺地坐在梳妝台前。

「阿勳。」

甜美又柔弱的呼喊聲輕輕響了起來。陳庭勳雙眼暴突，冷汗如同開了閘的瀑布，不斷從後背滑落。

他心驚膽戰地瞪著地上，有著褐色短鬈髮的頭顱竟張開了眼，柔軟的嘴唇微微蠕動。

「阿勳……」

如同嘆息般的呼喚再次響起，這聲音就像是導火線，原本端坐在梳妝台前的身體忽地慢慢站起，以略顯僵硬的動作轉過來，正對著陳庭勳。

細白雙腳邁出，晃動的裙襬就像是花朵盛綻，但這樣詭異的畫面卻讓陳庭勳驚駭到肝膽俱裂。

「不要過來！走開！走開！」陳庭勳恐懼地連連後退，但腳步一個踉蹌，左腳絆到了右腳，讓他重心頓失地跌坐在地，只能驚懼地睜大眼，看著那具身體彎下腰、撿起宋巧依的頭顱，捧在雙手間，一步步朝他走來。

陳庭勳只覺得他快要窒息了，心臟劇烈跳動，彷彿下一秒就會從喉嚨裡跳出來。

「阿勳。」

宋巧依甜甜地又喊了一聲，一雙漂亮的大眼睛緊瞅著陳庭勳不放。

但下一瞬，她忽然瘋狂地笑了起來，就像是齒輪壞掉的機器般，扭曲變質的嗓音褪去甜美，變得尖銳又高亢。

「阿勳、阿勳。」宋巧依咧著嘴，表情猙獰地問道：「你還記得七年前的事嗎？」

七年前，七年前發生過什麼事？陳庭勳根本無法思考，這一定是假的，假的！巧依的頭怎麼可能掉下來？

他大口喘著粗氣，手腳並用地爬起來，拒絕承認眼前的一切是現實，拚命朝那扇不經意瞥見的緊閉米色房門衝過去。

尖銳如刀的笑聲不斷迴響，陳庭勳驚駭到連一秒都不想留在原地，他用力轉著門把，順利拉開門之後，慌不擇路地往外跑。

「喂，你！」

誰的聲音在後方響起，然而陳庭勳不敢回頭，他只想趕快逃離那個房間，逃離宋巧依。

左易是在二樓走廊底端的遊戲間找到左容和夏春秋的。

當夏蘿見到兄長後，頓時掙脫了左易的手，急匆匆地跑向夏春秋，一把圈住他的腰，將臉埋在他的懷裡。

「小蘿！」夏春秋緊緊抱住她，壓在心上的石頭終於落了地，「太好了，妳沒有事，妳沒有事……」

「夏蘿沒事。」夏蘿仰起蒼白小臉，緊張地瞅著兄長不放。「哥哥呢？有沒有受傷？」

「哥哥什麼事都沒有。」夏春秋回給她一個安撫的笑臉。

夏蘿像小貓一樣用臉頰蹭了蹭他，露出了安心的表情。

「嘖，對那個小矮子就那麼會撒嬌。」左易沒好氣地撇了下嘴，不過聲音壓得極低，並沒有讓夏家兄妹聽到。

「怎麼回來了？」左容移到胞弟身邊，低聲詢問。

「被擋住了。」左易臉色陰沉地將一樓狀況說了一遍。

左容的表情也跟著凝重起來。父親下落不明，偏偏一樓也出現異狀，他們等於被困在廢屋裡動彈不得。

「要從這裡走嗎？」左易比向窗戶，「那個小矮子應該沒問題，小不點我會顧著。」

左容正準備開口，一道飽含恐懼的尖叫驟然劃破安靜的二樓，驚得夏春秋反射性先將夏蘿拉進懷裡。

左容與左易對視一眼，大步走出房間一探究竟，卻見一道高壯身影跌跌撞撞地從其中一間房衝出來。

左容記得，那是主臥室的位置。

「喂，你！」左易高聲喊道，但對方不知是太過懼怕而不敢回頭，還是沒聽見他的聲音，只是一個勁地往前跑，急促的腳步聲漸去漸遠。

「是陳庭勳。」雖然只是匆匆一瞥，但左容已判斷出對方的身分。她擰起眉頭，往對方先前衝出的房間走過去。

「喂，夏春秋，帶著小不點跟上來。」左易回頭喊了一聲。與其讓夏家兄妹留在這裡，倒不如讓他們待在自己視線可及的地方。

左易並沒有忘記在一樓時，他的視線僅僅移開短短一會兒，就差點讓夏蘿遭遇危險。

夏春秋牽著妹妹的小手跟在左易身後，來到主臥室門口，望進去的同時還不忘遮住妹妹的眼，就怕方才發出慘叫的人是看到房裡有什麼可怕的東西。

但是夏春秋很快就發現自己想太多了，寬敞的主臥室裡並沒有任何異樣。

「哥哥？」夏蘿輕輕拉了下夏春秋的袖子。

「啊，什麼事都沒有。」夏春秋放下手，對著她溫和一笑。

主臥室裡，左容與左易正在檢查衣櫃或床底下是否躲著什麼，夏春秋與夏蘿剛一踏進去，米色的房門像是被人用力往後一甩，發出砰的一聲。

「怎麼回事？」夏春秋嚇得一個激靈，慌慌張張地想要打開門。

可是，就算門把被他轉得喀啦作響，房門還是毫無動靜。

「讓開！」左易出聲喝退他，粗暴地朝房門踢去，強勁的力道震得灰塵撲簌簌落了一地，卻仍舊沒有成功踹開門。

一而再、再而三地被某種不知名的力量困住，左易心裡窩火極了，但憤怒並沒有燃燒掉他的理智，反而使他的眼神越發冷靜狠辣。

他飛快環視房間一圈，尋找可以砸開房門的趁手工具；而左容顯然跟他想到一塊去了，淡淡說了句「後退一點」，就抄起身旁的椅子，以和漠然表情不太搭的粗暴力道，將它砸向房門。

她砸得又狠又重，連椅子腿都斷了一根，然而結局卻與前兩次沒有什麼差別。

「沒辦法了。」左容扔下椅子，聲音罕見地流露出一絲懊惱。

「那個……」夏春秋瞧著面色不善的左易，以及眉頭緊蹙的左容，戰戰兢兢地提出意見，「門不行的話，要不要從窗子？」

姊弟倆互看一眼，猛然意識到自己一葉障目了。因爲突然被困在房裡，下意識就想要打碎那道障礙，反而忘記他們本來的初衷就是從二樓離開。

兩人的視線隨即落在鋪在雙人床上的床單。

從二樓翻窗而下，對於左容和左易來說不算太困難。但夏蘿只是一個十歲小女孩，他們不能也不願讓她冒半點兒風險。

趁著左容、左易撕開床單，將長長的布條綁在一塊時，夏春秋則是走到衣櫃前尋找裡頭有沒有多餘的布料，此時一道快節奏的手機鈴聲就像是平地一聲雷，無預警地在房裡炸響。

夏春秋反射性先把妹妹往自己懷裡帶，「誰、誰的手機在響？」

「我的。」左易瞪了他一眼，沒好氣地從口袋裡掏出手機，「虧你還和我同一寢，是沒聽過嗎？」

夏春秋還眞不好意思說他對剛剛的鈴聲眞的沒印象，在寢室時，左易的手機很少響起。比起接電話，左易更常做的事是打電話。

「誰？」左容探詢地看過來。

左易低頭瞥了眼來電者的名字，螢幕上顯示出「葉青蓮」三字。

「是媽。」左易邊說邊接通手機，還沒來得及向對方開口，清冷低緩的聲音已經先一步響起。

「阿易，我已經到了橙華鎭，有找到你爸嗎？」

「連個影子都沒見到。」左易煩躁地擰起眉，「我們被這棟鬼房子給困住了，連門都打不開。」

「試著用你或阿容的血抹在門上。」

「啊？」左易愕然地挑高眉，「媽，妳在開玩笑嗎？」

「我有在笑嗎？」葉青蓮反問，接著又將話題拉回來，「你們在哪棟房子？」

「距離橙華鎭大約五百公尺的森林，那邊有一棟廢屋，黑色屋頂、白色牆壁。妳隨便抓個人問一下，應該就會知道怎麼走了。」

「好，二十分鐘後見。這段時間你跟阿容撐住。」

葉青蓮言簡意賅地交代完，絲毫不給左易詢問的機會就掛斷電話。

「媽怎麼說？」注意到左易的臉色糾結又難看，左容停住了手上的動作。

夏春秋和夏蘿也看向像是想要捏碎手機的左易，對於剛才簡短又聽不出所以然的交談充滿困惑。

左易閉了下眼接著很快睜開，將手機塞進口袋，大步走向梳妝台前。在三人的注目下，突然一拳砸向鏡子，平滑的鏡面像是瞬間覆蓋一片蜘蛛網，歪歪斜斜地裂痕以左易的拳頭爲中心迅速蔓延。

尖銳的碎片從鏡子上剝落下來，左易挑起一片，眼也不眨地往手臂斜劃下去，鮮紅的液體頓時從細長的口子裡溢了出來。

「小易！」夏蘿急急忙忙掙出兄長的懷抱，小跑著來到左易身前，想要抓住他的手檢查傷勢。

「左、左易？」夏春秋緊張地盯著他，深怕他是受了什麼刺激。

左容眼裡的吃驚一閃而逝，很快恢復了平靜。她了解自己的弟弟，如果不是母親在手機裡說了什麼，他是不會莫名其妙做出這個舉動的。

「別擔心。」左易用毫髮無傷的那隻手輕拍了拍夏蘿的腦袋，接著看向左容，嘴角挑起，拉出一抹猙獰的弧度，「老媽說，用我或妳的血抹在門上試試看。媽的，最好要有用，不然老子的血就白流了。」

陳庭勳倉皇失措地往前跑，滿腦子只有「逃！快逃！」這個念頭，他甚至沒有多餘的心思去思考明明在一樓的自己爲什麼會出現在二樓，只想盡快擺脫這棟廢屋。

他的動作急促又慌亂，鞋子重重踩在樓梯上，發出了吵雜的聲音。

很快地，樓梯來到了盡頭，熟悉的客廳擺飾映入眼底，陳庭勳心裡一喜，一口氣跳下最後三級階梯，卻在落地的刹那，左腳像被什麼絆了一下，重心不穩地趴倒在地。

顧不得磕得發痛的手肘和下巴，陳庭勳驚慌失措地撐起身體，只想離將他絆倒的東西越遠越好。

他的腦海甚至忍不住浮現出有手抓住他腳踝的可怕想像。

但再仔細一看，沒有蒼白的手臂從地板下竄出，也沒有突然在地面滾動的頭顱，倒在他腳邊的竟然是已經失去意識的李律；而緊挨著李律倒在地上的則是雙眼緊閉的卓蘭。

「喂！阿律！卓蘭！」陳庭勳焦急地推了推李律的肩膀，接著又轉向卓蘭那邊，伸手輕拍她的臉頰，試圖將幾人之中最爲理智的卓蘭先喚醒。

一道輕微的聲音卻凍住了陳庭勳的動作。

幽怨的、低啞的、彷彿在黑夜中撥弄心弦的歌聲輕緩地流轉在客廳內，由模糊逐漸轉爲清晰。

如果沒有你，日子怎麼過……我的心也碎，我的事也不能做。

如果沒有你，日子怎麼過……反正腸已斷，我就只能去闖禍。

陳庭勳全身僵硬，涼絲絲的冷意從腳底一路往上竄，彷彿要將心臟也一併凍起來似的。

是幻覺吧？這首歌怎麼可能會在這時候響起？這首歌的黑膠唱片……明明就跟著留聲機一塊失蹤了啊！

就像是要打破陳庭勳的奢望，低啞的歌聲依舊幽幽地迴盪在屋裡，在空氣中激出一圈圈漣漪。

不管天多麼高，更不管地多麼厚；只要有你伴著我，我的命便爲你而活。

如果沒有你，日子怎麼過……你快靠近我，一同建起新生活。

「啊、啊……」陳庭勳從喉嚨裡擠出不成調的破碎聲音，雙手撐在地板上狼狽地向後退去。一個不注意，左手壓到某個堅硬物體，他反射性抓在手中，這才發現是一支手電筒。

陳庭勳就像是撿到救命稻草一樣，手忙腳亂地打開手電筒開關，拿著它胡亂往客廳四周照去，最後，黃色的光芒停在一張茶桌前，清楚照出上頭的手搖式留聲機。銅質揚聲喇叭依舊像是花朵般綻放，隨著唱盤不斷轉動，幽幽的歌聲如流水般傾洩而出。

如果沒有你，日子怎麼過……我的心也碎，我的事也不能做……

「怎麼可能？怎麼可能！」陳庭勳不敢置信地瞪著留聲機，表情因爲恐懼而扭曲，手腳並用地爬起來，顧不上仍陷入昏迷的李律與卓蘭，只想逃離這個客廳、逃離這首歌。

就在陳庭勳倉皇失措地往門口跑去時，金屬製的門把忽地輕輕轉動起來，閉闔的黑色大門驟然發出嘎吱一聲，平常細不可聞的聲音在這一刻卻清晰得讓人心臟一跳。

陳庭勳的寒毛幾乎都豎起來了，他僵住步伐，瞪著那扇被緩緩推開的門，逐漸擴大的門縫讓他的心臟快要跳出喉嚨。

是誰！會是誰在門外？陳庭勳喘著粗氣，滴滴冷汗滲出額頭，就連後背也一片濕涼，死死瞪著那道越裂越開的門縫。他的身體繃緊到極致，抓握住手電筒的手指甚至都有快要痙攣的感覺。

咿呀——大門終於被推至最底，一抹纖細身影站在外頭。月光與手電筒的光線交織在一塊，將對方白色的肌膚鍍上一層詭異的光澤。

那是一名留著黑長髮、渾身透出病態的女子，約莫四十出頭的年紀。長長的劉海被撥至額邊，露出了過於蒼白的臉孔，但她的眉眼間卻隱隱透著一抹古典美。

「妳、妳是誰？」儘管對方腳下有影子，但陳庭勳非但沒有鬆一口氣，神經反而繃得更緊了。

對方的臉孔如此陌生，他卻又覺得似曾相識，這種矛盾的感覺讓人不安。

「你忘了我嗎，阿勳？」

女子低聲地笑了起來，她的問句聽起來輕描淡寫，走進來的腳步緩慢，彷彿只是想要來跟陳庭勳打個招呼似的。

大門在她身後無聲無息地關上。

女子越是往前走，陳庭勳就忍不住向後退，他說不出來，但心裡卻有個聲音警告他離對方越遠越好。

「七年前你們對我做的事情，我來討回一個公道了。」

女子聲音一頓，陡然大睜的眼裡流露出深深沉沉的怨毒，那是想要殺人的眼神。

幾乎話語一落，她已朝陳庭勳大步衝過去，握在手中的東西閃過一抹不祥的森冷白光。

當陳庭勳意識到那是一柄菜刀的時候已經來不及了，刀子毫無阻礙地埋進柔軟的腹部裡，溫暖的紅色液體瞬間湧了出來，沿著刀身滴滴答答地落到地板上。

陳庭勳卻像是感受不到疼痛，只是怔怔地注視著女子蒼白病態的容顏。

七年前……七年前究竟發生了什麼事？爲什麼阿甘要問他這個問題？連巧依也要質問他？

他只是、只是搬離了橙華鎮而已……

爲什麼要搬離？

因爲留在這裡很可怕，會從鏡子裡看到不好的東西。

彷彿有道細細的聲音在耳邊訴說，就算捂住耳朵，那聲音依舊暢通無阻地刺進腦海。

陳庭勳慢慢低下頭，看著鮮血汩汩從腹部上的傷口湧出，直到這個時候他才意識到自己究竟受了多重的傷。

渾身透出病弱感的女子鬆開刀柄，雙手輕輕捧住陳庭勳的臉，不容許他逃避地對上她滿是憎恨的眼神。

「我來告訴你吧，阿勳。七年前，你們殺了我，殺了我的孩子。」

陳庭勳的瞳孔猛地一縮，幽怨的歌聲持續在耳邊流轉，一聲聲勾起了被埋在心底深處的記憶……

第九章

橙華鎮郊外的夜晚很安靜，僅有通往森林裡的小路上傳來一陣輕快但規律的腳步聲。

一頭黑長髮、相貌秀氣的沈柔，難得有一天可以悠悠閒閒地走路回家，而不是像往常一樣，一下班就急匆匆地往外衝。

沈柔的工作與她本身的古典氣質極爲相襯，她在橙華鎮上一家音樂教室擔任鋼琴老師。因爲今天教導的學生身體不舒服早退，沈柔才得以提早離開。

將被風吹得有些凌亂的髮絲撥至耳後，沈柔不時抬頭看看天上的月亮，黛藍色的夜空搭配一彎月牙，顯得極爲美麗。

沈柔喜歡沒有光害的天空和清新的空氣，這也是她當初被丈夫遊說搬來橙華鎮的原因。

雖然住的地方不是在鎮上，而是離小鎮有一段距離的森林裡——對此沈柔不是沒有提出過質疑——但在看到那棟黑頂白牆的屋子時，沈柔頓時被它古樸優雅的外觀俘擄了，甚至比丈夫還要心急地想快點住進去。

因爲屋子位置偏僻，再加上屋齡很老，所以房價極爲便宜，沈柔與丈夫毫不猶豫地買下，多出來的預算就拿來翻修屋子內部。

最重要的是，屋子佔地極廣，不只讓她的鋼琴有地方擺，還可以替孩子增建遊戲間。

雖然搬來不過幾年，丈夫便因病過世，但沈柔還是捨不得搬離這個清幽的地方，畢竟這裡是他們夫妻倆一同布置設計的，充滿了美好的回憶，再加上還有孩子在……

想到孩子，沈柔眉眼頓時變得更加溫柔，前進的腳步也忍不住加快，只想早一點回到家裡抱抱孩子，聽聽他的聲音。她還可以利用多出來的時間做些小點心，然後再去泡個澡，好好放鬆一下身心。

沈柔一邊在腦中規劃回家要做的事，一邊從包包裡拿出鑰匙。不遠處，已經隱隱可見由一片片黑瓦鋪成的屋頂了。

當沈柔走到屋子大門前，把鑰匙插進鎖孔一轉，卻發現大門竟然未上鎖。

「這孩子，忘記我的交代了嗎？」沈柔皺眉。每當她去音樂教室上課，獨留兒子一個人在家時，總是千叮嚀、萬囑咐一定要鎖上大門。

就算橙華鎮治安良好，但沈柔認爲，該有的防範還是不可少的。

她推開大門走進去，習慣性地說出「我回來了」，然而客廳裡卻安安靜靜，沒有吵雜的電視節目聲音，也看不到抱著枕頭縮在沙發上的小小身影。

「在樓上嗎？」沈柔將脫下來的外套掛到衣帽架，抬頭往上方看了一眼。

隔著天花板當然是什麼也看不到，這只是她的一個習慣動作，主要是聽聽樓上的動靜。

「嗯？」沈柔聽到了聲音，模模糊糊、像是有人在唱著歌似的。不是稚氣的童音，而是低啞的女聲。

「這孩子，一定又在玩我的留聲機了。」沈柔鬆開眉頭，露出又好氣又好笑的表情。

沈柔的房間裡放置著一架手搖機械式留聲機，每當她在看書或是整理教材時，總喜歡將黑膠唱片放到唱盤上，任悠揚的音樂流洩而出。

沈柔很寶貝這台留聲機，這是丈夫送給她的禮物，因此總是三令五申地吩咐孩子不可以亂碰。想必是孩子趁她去上課時，偷偷跑進房間玩留聲機吧？

「真該打屁股了喔，祐祐。」沈柔嘴裡雖然這樣說，但語氣卻是滿滿的寵溺。

她躡手躡腳地走上樓梯，隨著她離二樓越來越近，歌聲也越加清晰。

如果沒有你，日子怎麼過……我的心也碎，我的事也不能做。

如果沒有你，日子怎麼過……反正腸已斷，我就只能去闖禍。

「祐～祐～媽咪不是說過，不可以亂碰東西嗎？」沈柔故意拉長聲音，走向主臥室時，還刻意發出了重重的腳步聲。

奇怪的是，以往只要她這麼一喊，就會慌慌張張衝過來道歉的孩子卻沒有出現，反倒是從房裡傳出一陣騷動。

碰撞東西的聲音，慌亂的交談，竟是複數的。

沈柔臉色大變，一顆心頓時提到了喉嚨。是誰在她的房間裡？該不會是小偷？強盜？剛剛的聲響是他們對祐祐出手了嗎？

她的孩子，她寶貝的祐祐……該不會已經出事了！

沈柔驚慌失措地往前跑，沙啞幽怨的歌聲依舊輕緩響起，一聲聲流轉在走廊上。

不管天多麼高，更不管地多麼厚；只要有你伴著我，我的命便為你而活。

如果沒有你，日子怎麼過……你快靠近我，一同建起新生活～

主臥室房門大開，這讓沈柔毫無窒礙地一眼就看清裡頭的景象。她的眼眸瞬間由細睜大，臉上血色盡失，只覺得自己像是掉進了冰窟裡，冷得連血液都要結凍。

三道高矮不同的身影分別站在梳妝台、衣櫥和五斗櫃前，在聽到沈柔急促的腳步聲之後，他們同時回過頭，眼神滿是震驚，就像看到不該出現的人出現在眼前一樣。

三人都戴著手套、臉上蒙著布，只露出一雙眼睛。一人略顯高壯，一人膚色黝黑，一人的頭髮染成金色，然而卻隱隱可見三人身上未退的稚氣。

沈柔的視線從他們身上移到了放著留聲機的白色圓桌底下。

七歲的男孩子倒在桌腳旁，臉龐貼著地板，安靜得就像沒了聲息。鮮紅色液體不斷從身下滲出，越擴越大，最後形成了一灘小水窪，將男孩的衣服還有地板都染上了刺眼的色彩。

「祐祐！」沈柔大駭，她的世界在這一刻全然崩塌，終於壓抑不住地尖叫起來。

淒厲的尖叫就像是導火線，原先僵住身形的三人立即回過神來。

「操！你不是說她八點後才會回家嗎？」染金髮的少年一邊罵向同伴，一邊朝著沈柔衝去。

「她明明上課上到八點的啊……」黑瘦少年慌亂辯駁，他動作略微遲緩，像是在猶豫。

「幹！你還愣在那裡做什麼！直接一不做、二不休！」高壯的少年大吼，看向沈柔的眼神充滿攻擊性。

察覺三名少年瞬間將目標轉向自己，沈柔倒吸一口冷氣，拔腿就跑。走廊上盡是凌亂倉促的腳步聲，還不時傳來少年們充滿威嚇性的咆哮聲。

跑！快跑！一回頭瞥見少年們凶神惡煞地朝她急追而來，沈柔清楚知道，對方不打算留她活口。

她必須逃出去，如果她不逃出去，又有誰能替祐祐報仇？

沈柔跑得又急又快，控制不住手指到腳趾的哆嗦。並不是因爲害怕，而是一股如火燒般的憎恨正從心底竄出，如同瘋長的荊棘般狂暴茁壯。

只要是視線所及的擺設或花瓶，都被沈柔用力往後揮去，好讓那些東西成爲障礙物，阻撓緊追不捨的三人，並且爲自己爭取更多逃跑時間。

沈柔知道，只要自己的腳步慢上了那麼一些，迎接她的結局只有死亡。

快點跑！從屋子逃出，躲到森林裡！有個聲音不斷在心裡大叫，催促著沈柔再將速度加快、腳步加大。

然而，沈柔的體力終究有消耗殆盡的一刻。當她狼狽地從大門衝出，又慌不擇路地在森林裡逃竄一段路之後，身體再也受不了地發出抗議，她膝蓋痠麻，小腿重得彷彿抬不起來。

接近缺氧的狀態讓沈柔拚命張大嘴巴吸氣，偏偏肺部又炙熱得像是有火焰在燒。

沈柔邊跑邊從口袋裡抓出手機，知道自己體力即將告罄之後，打電話報警成了她唯一的生機。

然而才剛按下一個鍵，頭皮便驀地一疼，長髮被人從後方用力扯住，與此同時，一股可怕得像是要燒起來的刺痛從背後炸開，痛得沈柔慘叫出聲，手機頓時掉到地上。

「媽的！妳還跑！」身形高壯的少年粗暴地拽住沈柔，鮮血正滴滴答答地從刀鋒落下。

「呼呼、呼……這女人眞會跑！」金髮少年跑得上氣不接下氣，在看到讓他們費了一番力氣追逐的人被同伴抓住，他眼裡露出凶光，舉起刀子就往對方胸口揮去。

濃濃的血腥味飄散在晚風中，沈柔淒厲的尖叫幾乎要割破人的耳朵。她瘋狂地掙扎著、扭動著，爲了彈琴而修短的指甲刮傷了兩人的臉，卻也激起他們更多凶性，一刀又一刀地直往她身上砍。

直到沈柔再也沒有反抗的力氣，這場如同單方面施虐的暴行才宣告結束。

高壯少年鬆開沈柔的頭髮，任她像一灘爛泥般地軟倒在地，轉過頭看向比他們慢一步追過來的黑瘦少年。

「便宜你這傢伙了，都不用動手。」高壯少年嗤了一聲，隨手抹去沾在眼皮上的血。

「我、我……」黑瘦少年瑟瑟發著抖，不敢看向渾身是血的沈柔。

「我什麼我？」金髮少年啐了一口，彎身從地上撿起一塊石頭，「有福同享，有難同當。我們都動手了，不能差你一個。石頭給你。」

「喂喂，你還想幹嘛？」高壯少年遞去一記狐疑的眼神，「砍了那麼多刀，她哪可能活下來？」

「白痴，你沒聽過斬草就要除根嗎？」金髮少年鄙夷地瞪了他一眼，將石頭塞進黑瘦少年手裡，「今天發生的事，我們三人可是共犯，你說什麼也要動手才行。」

黑瘦少年抱著石頭顫顫地走過去，沈柔無力地癱倒在地，從傷口裡流出的血幾乎將她的衣服染紅。光是靠近，嗆鼻濃稠的血腥味就讓少年的胃一陣翻滾。

「對、對不起……」他膽怯地囁嚅著，在兩名同伴的注視下，高舉起石頭，心一橫地重重砸下。

令人不舒服的悶響傳出，黑瘦少年壓著胃，想要嘔吐的欲望在身體裡橫衝直撞，再也忍耐不住地衝向樹旁，張嘴乾嘔起來。

「這樣就吐了？你這個沒用的膽小鬼！」高壯少年嘲諷他的軟弱，看也不看沈柔一眼，自顧自地轉身就走。

「我們先回房子那邊。吐完之後記得過來會合啊，不然那些錢和首飾就沒你的份了。」拋下這句話，金髮少年雙手抱著後腦勺，跟著同伴一前一後離開。

隱隱約約，還可以聽到兩人的交談聲隨風傳來。

「欸欸，那女人看到我們的時候是不是有喊出一個名字？」

「好像有吧，右什麼還是左什麼的，管他的，總之不是我們的名字。」

「說的也是，房間裡就只有我們三個。哈，也許她把我們認成別人了……」

剩下的話便聽不眞切了。

被留在原地的黑瘦少年乾嘔一陣子後，胡亂地擦掉臉上的眼淚和鼻水，看著掉在地上的手機，又轉頭看了一眼另外兩人離去的方向，顫顫地撿起手機，按下了兩個1跟一個9。

電話很快就被接通，他把聲音裝得又尖又細，飛快說出沈柔所在的位置，以及她的狀況，隨即也不等對方回應，倉促地掛斷電話。

「對不起、對不起……」黑瘦少年再也不敢看向沈柔，跌跌撞撞地跑開。

森林裡很安靜，只剩下沈柔孤伶伶地浸在鮮血裡。好痛，全身都是火燒般的痛，又熱又辣，腦袋沉重到讓她連思考都快做不到，但沈柔卻不甘心讓意識就此喪失。

就算三人蒙著面，謹慎地不叫出彼此的名字，但沒有刻意掩飾的聲音卻讓沈柔知道了他們的身分——

她記得他們……那三個少年總是聚在一起，在鎮民看不到的地方喝酒或抽菸，無意間被她撞見了好幾次。

少年們見到她時總會禮貌地打著招呼，所以她從來沒有想過，自己有一天會被他們如此殘忍地對待。

「阿勳……阿甘……彥銘……」

沈柔每說出一個字，嗓子就乾澀得發痛，但她還是不依不撓地吐出三個名字，同時將這些字重重地刻在腦海。

停駐在眼底的最後情緒是濃稠得化不開的憎恨，然後，沈柔的眼睛終於緩緩地閉上……

當她再次睜開眼睛的時候，卻發現自己身處在一間白色的病房裡。

她看見窗外的夕陽紅得像血，她看見坐在窗邊的父母像是瞬間老了十幾歲，白髮蒼蒼，渾身透出憔悴，但是他們看向自己的眼神卻是充滿狂喜。

沈柔張開嘴，試圖發出聲音，卻發現舌頭不聽自己的指揮，含糊的氣音卡在喉嚨裡，一個字都說不出來。

不只是聲音，就連她的身體都沉重萬分，明明意志在催促著動一動手指或腳趾，卻什麼也辦不到。

這種感覺就像是大腦可以清楚地思考，但四肢卻如同斷了線的木偶，不聽她操控。沈柔驚恐地瞪大眼，不斷從喉嚨裡發出斷斷的音節。

母親緊握著她的手不放，眼淚不斷滑落；父親則是飛快地衝出病房，過一會兒之後又匆匆趕回，不同的是，身後卻跟著好幾位醫生與護士。

沈柔聽不清楚他們在說什麼，一股深沉的疲倦感從身體深處湧出，她又閉上了眼睛，只想好好地睡上一覺。

等到她再次醒過來，聽著母親述說著發生在她身上的點點滴滴，她才知道，原來她已經在病床上昏迷六年。

那一晚，接到通報的醫護人員與警察在森林裡發現渾身是血的沈柔，沈柔身上滿是深可見骨的刀傷，沒有失血而死只能說是奇蹟了。然而被石頭砸在頭部的那道傷口，卻也造成沈柔喪失意識，大腦幾乎失去功能。

儘管沈柔被判定爲植物人，喪失了視聽言行的能力，無法自主進食也無法控制排泄，甚至需要機器協助才能呼吸，但沈柔的雙親依舊不肯放棄，甚至一方特地辭去工作，每日專心照顧她，堅信她總有一天會甦醒過來。

漫長的六年過去，他們終於等到沈柔張開眼睛。

脫離植物人狀態之後，沈柔開始進行漫長而艱難的復健，她肌肉萎縮得太嚴重了，必須盡快取回行動能力。

一切都是爲了那三個刻在腦中的名字。

阿勳、阿甘、彥銘！

不能原諒！不能原諒——她絕對要親手殺掉他們！

沈柔咬牙切齒地瞪著倒在地板上的陳庭勳，蒼白的臉孔上滿是扭曲的憎恨。

「憑什麼你們這種人可以活在世界上，我的祐祐卻要被殘忍地殺害？陳庭勳你告訴我！」沈柔尖厲地嘶叫著，她的眸子裡滿是怨毒。如果殺意可以實體化，那一定是世界上最尖銳的凶器。

但是陳庭勳驚駭之餘，卻以不可置信的眼神看向沈柔。

「妳、妳在說什麼？我們根本沒有殺掉叫祐祐的人！」

「我的孩子……祐祐是我的孩子！我親眼看到他倒在房間裡，血流了好多好多……你們爲什麼要對他動手？他只是個孩子啊！」沈柔歇斯底里地尖叫。

「妳瘋了嗎？妳根本沒有孩子！彥銘有偷聽到他爸媽聊天，說妳老公就是因爲妳一直生不出小孩才跟妳離婚的。」

「胡說！我老公死了，祐祐是他留給我的心肝寶貝，我不可能沒有孩子的，我的祐祐那麼可愛……是了，一定是你在騙我！」沈柔眼神狂亂，狠狠地從陳庭勳的腹部裡抽出刀子，鮮血頓地如湧泉般地噴濺而出。

瘋了，這個女人瘋了！陳庭勳驚駭地瞪大眼，劇烈的疼痛讓他狼狽地跌坐在地，卻見沈柔趁著這個空隙高舉刀子猛然揮下，他倉皇地別開頭，刀鋒險之又險地擦過耳際。

陳庭勳雙手壓按著腹部傷口，雙腳蹬在地板上，扭著身體試圖與沈柔拉開距離，但才挪了幾步，他就發現雙腳如同被兩隻無形的手抓住，讓他動彈不得，只能絕望地看著沈柔逐漸逼近。

「放過我……拜託妳放過我……我真的不是故意的……我、我那時候年紀還小，所以才會一時鬼迷心竅幹下這種事……」

「一時的鬼迷心竅？」沈柔緩緩拉開嘴角，扭曲成一抹怨恨的弧度，「陳庭勳，對我揮刀最狠的人就是你啊！」

尖銳的控訴迴響在整個客廳，驀地，兩道高低不一的抽氣聲緊隨在後響起。

陳庭勳慌亂地回過頭，卻發現先前陷入昏迷的李律和卓蘭不知什麼時候清醒過來，此刻兩人正錯愕地瞪大眼，投向他的視線充滿不可置信。

「阿律、卓蘭，救我！」陳庭勳嘶聲大喊，如同想要抓緊救命稻草一般拚命朝兩人伸出手。

「阿勳你……」李律艱難地從嘴裡擠出聲音，就好像在看著一個他從不認識的陌生人。

卓蘭眼底滿是動搖，她怔怔地張著嘴，卻一句話也說不出來。泛黃報紙上的斗大標題猛地躍進腦海。

鋼琴老師……刀刀見骨……究竟是怎樣的心狠手辣，才能對一個毫無反抗力的女人下重手？

「阿律！卓蘭！」陳庭勳心慌地大叫，但卓蘭與李律的手終究伸不出去，只能僵硬地坐在原地。

眼見沈柔手裡的刀子再次高舉，刀尖對準他的眼睛，陳庭勳頓時讓恐懼扭曲了一張臉。

「阿姨，求求妳，我真的沒有殺人……我沒有騙妳，我和阿甘還有彥銘闖進屋子的時候，裡面一個人都沒有，妳不信的話可以問問……」

陳庭勳話說到一半突然斷掉，這裡只有他和李律、卓蘭，他又能找誰作證？冷汗滴滴落下，浸透了他背部的衣服。

「阿勳他、他沒有騙妳。」

開口的人是卓蘭，她的聲音結結巴巴，卻成功止住了那柄刀子落下。

注意到不管是陳庭勳還是沈柔的視線都往她看來，卓蘭即使心裡無法原諒同學曾經犯下的錯，還是不忍看到對方因爲莫須有的罪名而落得這樣悲慘的下場。

「我……看到報紙了，這棟屋子不是凶宅。警察有進到屋子裡調查，發現有大量財物失竊，但是，沒有……沒有小孩子的屍體，所以他們判定這是一起強盜傷人事件。」

「妳騙我……」沈柔的語氣先是恍惚，緊接著猛然拔高，「妳騙我！」

趁著沈柔的注意力全放在卓蘭身上，陳庭勳悄悄往旁邊伸出手，勾住一隻椅子腳。只要給他幾秒鐘……幾秒鐘就好，他就可以把椅子用力砸向那個瘋女人，再趁機奪下她手中的刀。

但是這個想法正準備付諸實行的時候，陳庭勳所在的地面卻突然軟化下陷。不，更正確的說法是咕嚕咕嚕的血水正不斷從他腳下冒出，越湧越多，將他的腳踝淹沒，然後一寸寸地把他連同他抓住的椅子往下拖。

「這是什麼？」陳庭勳悚懼地尖叫起來，拚命想要把腳拔出，但每一次的掙扎卻只是讓他陷得更深。

嗆鼻的血腥味迴盪在大廳裡，騷動著每個人的嗅覺神經。

「救我！阿律、卓蘭！拜託救救我！」陳庭勳崩潰地大喊。

李律和卓蘭遲疑了一下，終於還是畏懼地站起身，想要將對方拉出那一片血水。

但是，那片腥紅的血水彷彿察覺兩人的心思，吞湧陳庭勳的速度猛然加快，嘩啦嘩啦的水聲激烈響起，轉眼間將陳庭勳整個人拖了進去。

血水上只殘留一隻手腕絕望地揮動，很快地，連最後幾根手指也被吞噬殆盡。

沈柔怔怔地注視著如同死水般安靜下來的猩紅水窪。陳庭勳從眼前消失的那一刻，她全身的力氣也好像都被抽光了。

刀子掉在地上，發出清脆的匡噹聲。

陳庭勳說她沒有孩子，說她的丈夫受不了她遲遲無法懷孕才決定跟她離婚……怎麼可能會有這麼荒謬的事呢？

她的丈夫明明已經過世了……幾年？是兩年還是三年？爲什麼她突然無法確定呢？還有祐祐，她如果眞的無法懷孕，那麼祐祐又是怎麼來的？

「果然是……騙人的吧。」沈柔搖搖晃晃地走了幾步，倦怠地跌坐在一張椅子上，「爲了讓我放過他，才編出那麼大的謊言。」

「沒有騙人喔。」

細細的童音響起，穿著碎花洋裝的小女孩就這麼突然地出現在半空中。她膚色慘白，一雙眸子滿是濃黑，但嘴唇卻格外紅潤柔軟，手裡還抱著一隻濕淋淋的小熊玩偶。

卓蘭反射性捂住嘴巴，避免尖叫從喉嚨裡衝出來；李律幾乎是連滾帶爬地躲到她背後，牙齒都在格格打顫。

但是小女孩就像是對那兩人沒興趣，從頭到尾都背對著他們，大大的眼睛只專注地盯著沈柔一人。

「我都看到、聽到了，那一天爸爸很生氣地說，早知道媽媽根本生不出小孩，他就不會跟妳結婚了。喔，爸爸還說娶一個不會下蛋的母雞根本沒用，是想害他們家絕子絕孫嗎？媽媽妳哭得好傷心呢。」

沈柔渾身一顫，慢慢地抬起頭，「妳……是誰？妳爲什麼叫我媽媽？」

「我是跟著祐祐喊的。媽媽、爸爸只是一個方便的稱呼，不須在意的。」

小女孩在對上沈柔茫然的目光時，小臉上的表情變得更加開心了，她握著小熊玩偶的兩隻手，將它擺弄成貼在胸前的姿勢。

「妳知道嗎？我眞的好愛妳喔，媽媽。因爲妳有著最瘋狂的妄想，還有最冷靜的理智。」

「妳在胡言亂語什麼……」沈柔擠出乾澀的嗓音，「什麼妄想……」

「媽媽妳忘記了嗎？」小女孩故作吃驚地睜大眼，但接著又像是想到什麼，不禁竊笑起來，「妳和爸爸離婚之後，因爲無法接受自己生不出小孩，但妳又太想要小孩了，所以啊，妳就想像出祐祐。在屋子裡，祐祐是存在的，但是當妳離開森林，妳就會將祐祐當成祕密，誰也不說。因爲妳理智的那一面知道，說出去妳會被當成神經病。」

「我沒有想像，祐祐是眞實的！我摸得到他、看得到他！」沈柔無法容忍地大吼，「我甚至看到他們殺掉了祐祐！」

「我不是說過了嗎？」小女孩朝她搖搖頭，發出了好大一聲嘆息，「因爲媽媽有著最瘋狂的妄想與執念啊，妳聽到了聲音，認定有人進來搶劫，所以就先入爲主地想像出祐祐被殺害的畫面。祐祐本身的存在，就是從媽媽的執念中誕生的。」

「不是、不是……」沈柔慘白著臉，搖頭否認。她的孩子怎麼可能是虛構的？他是那麼溫暖、柔軟……

「媽媽，妳知道祐祐長什麼樣子嗎？」小女孩往下方降低一些，低頭湊在沈柔的耳邊，以傾訴祕密般的語氣說道。

沈柔想要反駁，大聲說出她當然知道祐祐的模樣，她的祐祐又乖又可愛，長相自然是遺傳了她與丈夫……遺傳了……

彷彿有一盆冰水兜頭澆下，沈柔僵住了，她駭然地發現，她可以清楚勾勒出祐祐的身高體型、烏黑的頭髮、柔嫩的肌膚，卻回想不出祐祐的五官究竟是什麼樣子。

空白一片。

「妳想不出來對吧？」小女孩咕嘰咕嘰地笑了，「妳的執念再強，強到從虛無中創造了祐祐，卻也無法給他一張臉，因爲妳沒有任何的參照物。」

沈柔張著嘴，卻一句話也說不出來。

「那個小男孩，祐祐……他如果只是被妄想出來的，爲什麼他有臉？」

卓蘭一說話，李律便露出了驚惶萬分的表情，像是巴不得緊緊捂住她的嘴巴。

「因爲啊……」小女孩拉長聲音，慢條斯理地轉身對著他們，「是我給了祐祐臉啊。」

卓蘭駭然地看著那張與小男孩長得一模一樣的臉龐，唯一不同的是，小女孩的眼睛漆黑一片，看不見眼白。

李律更是尖叫一聲，全身抖得如篩糠，彷彿下一秒便會暈厥過去。

「媽媽睡著的那些年，祐祐也消失了，害人家好寂寞喔。」小女孩嘟起嘴，委屈地表達不滿，「我等了好久好久，終於在一年前等到祐祐再次出現。」

沈柔驚悸地看著小女孩的背影。一年前，一年前正是她清醒過來的時候。而她在恢復意識的瞬間，第一個浮現的想法就是替祐祐報仇。

似乎是感覺到她的注視，小女孩回過頭，對著她天眞地笑了一下。

「在等待的這段時間，我發現只靠媽媽的執念是不夠的。少了那些執念，祐祐會消失，我也會肚子餓。而且，如果媽媽又睡著了怎麼辦？所以我不只給了祐祐臉，還給了他一點力量，這樣他就可以代替我離開屋子，帶來更多養分了。」

「巧依！」卓蘭突然低呼一聲。

「什麼？什麼？」李律現在就像驚弓之鳥，一點兒風吹草動都會讓他跳起來。

「是妳讓那個孩子帶走巧依的。」卓蘭看著懸浮在半空中的嬌小身影，肯定地說。

小女孩用唇型無聲地說出「猜對了」三個字，她的表情是如此歡快，渾身洋溢著亢奮快樂的情緒，就連地板上平靜的血水也像是受到她感染，再次翻騰。

那些黏稠紅艷的液體如同有意識般，朝著沈柔所在的位置蜿蜒而去，順著她的鞋子爬上，像是兩條紅繩纏繞住她的雙腳，將她慢慢往下拖。

沈柔沒有反抗，她的眼神恍惚又空洞。

憎恨了七年多，卻在這一刻發現她心心念念的孩子只不過是她的妄想，她以爲已經死去的丈夫其實是跟她離婚……

一切如此地荒謬，就像是一場鬧劇。

沈柔突然覺得很累，她甚至搞不懂自己究竟是爲了什麼要做出那些事？

她緩緩閉上眼睛，毫不掙扎地任那些血水越漫越高，將她胸口以下都淹在裡頭。

「媽媽——！」

一道尖銳童稚的聲音卻突然拔高響起，劃破了死寂的客廳。沈柔猛地睜大眼，看見一道瘦小的身子平空出現，他的臉蛋秀氣，有著細細的眉毛、大大的眼睛，眼裡滿滿是對她的孺慕之情。

「祐祐……」沈柔只來得及喊出這兩個字，就被洶湧翻騰的血水吞沒了。

「媽媽！」稚幼的男孩尖銳哭叫，拚命朝沈柔被吞噬的位置衝去，但他的腳才剛沾到那些血水，暗紅嗆鼻的液體就靈活地纏繞上來。

男孩不敢置信地看著將他往下拖的血水，隨即猛地抬起頭，一雙飽含稚氣的眸子瞪得大大的。

「姊姊妳騙人！妳不是說會替祐祐實現願望，要讓祐祐跟媽媽在一起嗎？」

「答應祐祐的事，我已經做到了啊。」小女孩愉悅地俯視著正被血水吞噬的小男孩，「你希望那三個人死掉，我就讓你把他們帶來這裡。你想要跟媽媽在一起，我就讓你們在一起了——只要你乖乖地被我吞進去就好。」

她抓起小熊玩偶濕沉的手臂，對著小男孩揮了揮，「謝謝祐祐替我帶來他們，吃下他們之後，我就不需要你囉。」

小男孩驚駭地瞪大眼，從喉嚨裡衝出來的淒厲叫聲就像是要割破耳膜似的，但是小女孩卻只是彎著眼，咯咯地笑了起來。

「太好了，我又可以變得更大了呢。」

隨著這句話落下，男孩稚幼的身軀被翻騰捲起的血水全數吞滅！

小女孩掩著嘴，輕輕打了一個嗝，隨即笑嘻嘻地看著客廳裡的人，那雙濃黑的眼因爲愉快而彎了起來。

暗紅的液體並沒有消失，反而像是鎖定了新目標，朝卓蘭與李律迅速前進。

「咿！過、過來了，怎麼辦，卓蘭？」李律手腳發軟，聲音像是快要哭出來一樣。

卓蘭拽住他的手，連拖帶拉地往樓梯方向跑去，只是兩人才剛站定，數道凌亂的腳步聲就從身後響起，緊接而來的是一道滿是錯愕的尖銳質問。

「這是怎麼回事！」

左易瞪著在地板上湧動的暗紅血水，下樓的腳步緊急煞住，一隻手臂橫出擋住了後方的左容、夏春秋，以及夏蘿。

「左容、左易？」卓蘭迅速轉過頭，雖然對於他們身後突然多了兩名陌生少年與小孩子感到詫異，但看到他們平安無事，卓蘭總算放心不少。

「嘻嘻，好高興喔，有這麼多人可以當我的養分。」

小女孩擺動著小熊玩偶的兩隻手，濃黑沒有眼白的眸子掃了眾人一圈，在看見左易身後的夏家兄妹時，那雙眼睛似乎變得更亮了。

她歪著頭，紅潤的嘴唇彎彎，以歡快又天眞的語氣問道：「哪哪，你們說，房子是不是要越大越好呢？」

「妳——」左容抬起頭，像是想到了什麼，細長的眼猛地滑過了一抹凜冽，「是這棟屋子？」

「猜、對、了、唷。」小女孩從嘴角拉出充滿惡意的笑容，左手與右手各抓著小熊玩偶的一邊，啪啦一聲，吸飽水分的棉花頓時從破裂的斷口處落了下來。

那些墜落的棉花很快被暗紅血水吞噬得一乾二淨，接著，那些液體開始激烈地翻湧了起來，一波波朝所有人湧去。

李律驚慌失措地尖叫。卓蘭慘白著臉色，同時緊扯住身邊人的衣服往後退了幾級階梯。夏春秋拚命推著夏蘿往樓梯上走，左容、左易臉色一沉，然而面對那不斷逼近的暗紅液體，他們卻無能爲力，被迫連連向後退去。

五個人被困在樓梯上，那些散發著鐵鏽味的血水彷彿有自主意識般地騰起，正一寸寸逼近他們！

左易當機立斷地拿出手機，從通訊錄中翻出母親的號碼撥打出去。

手機另一端很快被接通，左易連喂一聲的時間都不想浪費，冷靜又快速地將他們的處境說出來。

「這棟屋子有意識，把我們困住了。地板上的東西會把人拖下去，無法從大門離開。」

「往上跑，找個地方先躲起來。我等下傳圖片給你，照著上面的指示做。」

「妳還有多久能到？」左易一邊看著底下的血水，一邊用眼神示意夏春秋與夏蘿繼續往更上方退去。

「我看到森林了，再……」葉青蓮聲音忽然一頓，接著轉爲詫異的兩個字，「是你？」

「媽！」左易焦躁地喊了一聲。

「先跑！」

手機那邊只傳來這一聲，通話就被強制中斷，左易都忍不住想罵髒話了。

「怎？」注意到弟弟表情扭曲，左容低聲問道。

「老媽估計五分鐘後才會到，她叫我們先跑。」

「師、師母要過來？」聽到兩人對話的李律就像看到希望一般，急迫地大喊，「那叫她速度快一點啊！我們都快沒命了！」

「你給我閉嘴！」左易不耐煩地喝道，不管是語氣還是表情都透出「再吵就把你推下去」的粗暴。

「所以？」左容直奔問題重點。

「先去二樓再說。」左易警戒地瞪著飄浮在半空的蒼白身影，隨即飛快與左容交換一個眼神，兩人各扯住卓蘭和李律，將他們推到身後。

「春秋，快帶小蘿去二樓的主臥室。」左容沉聲喊道。

「你們兩個也給我滾上去！」左易毫不客氣地命令。

雖然不知道原因，但是眼見那些暗沉的血水如同有生命般攀過一級又一級階梯，夏春秋沒有猶豫，抓著妹妹的手就往上跑。

李律更不用說了，他跑得比誰都快，一下子就超過夏家兄妹，凌亂的腳步在樓梯上踩出了咚咚咚的聲響。

「沒用的傢伙。」左易鄙夷地罵道。

卓蘭則是有些遲疑地看著左容與左易。往上跑……不是會陷入死胡同嗎？

「妳還不快跑？」左易一轉身就看到卓蘭還愣在原地，一記刀子眼頓時不悅地甩過去。

「啊，好……」卓蘭慌亂應道，連忙往二樓跑去。

「你們以爲逃得掉嗎？」小女孩又發出了咕嘰咕嘰的笑聲，眼底閃過貓捉老鼠般的詭譎光芒，「跑吧，跑吧，不管你們躲到哪裡，我都可以找到的。」

「妳可以試試。」左易咧出一抹猙獰的笑，朝小女孩比出中指，隨即和左容同時邁出步伐。

看到卓蘭速度不夠快，左容乾脆一把拽住她的手，硬是拖著這名纖瘦的女子衝上二樓。

三個人很快追上了在前方奔跑的夏春秋等人。

第一個衝進主臥室的是李律，他一口氣還沒來得及喘過來，雙手便緊張地抓著房門，大聲催促其他人快點進來。

「快、快！再不進來我就要把門關上了！」

「你敢關門老子就宰了你！夏春秋、小不點，再跑快一點！」

左易凶暴的低吼讓李律不禁打了個寒戰，連忙伸出手，將還有一、兩步遠的夏春秋與夏蘿扯進來。

兩人才剛進入主臥室，左容、左易、卓蘭也追了上來，墊後的左易反手將門掩上。

「呼……呼……」卓蘭邊喘著氣邊看向左容，「那個小女孩是這棟屋子……這是什麼意思……」

「妳可以當成是屋子有了靈魂。我聽長輩說過，每個東西在經歷很長的時間之後，就有可能會自行衍生出意識。我原本只是猜測而已，沒想到卻猜對了。」相較於卓蘭的氣喘吁吁，左容的呼吸卻是沒有亂上一分，簡略地向她說明。

「現在……現在怎麼辦？」李律焦急地問，比起那些幫不上忙的說明，他更想知道要如何逃出生天。

「春秋、小蘿，你們退後一點。」左容朝夏家兄妹輕揮了下手，又將視線掃向李律與卓蘭，「你們兩個也退開，把門前地板空出來。」

「不、不用把門擋起來嗎？」李律慌慌張張地轉過頭，看見房門上的暗紅痕跡時，不禁驚叫一聲，「咿！血！門上有血啊！」

「吵死了，那是老子的血。」左易語氣不耐，他拿出手機點開簡訊，看見母親傳來的幾張圖片，眉頭頓時又皺了起來。

他飛快將這些圖片也傳給左容，接著瞥了眼散落在梳妝台上的玻璃碎片，挑了一塊鋒利的扔過去，「接著。」

左容一手接過碎片，一手拿出手機看了看。一會兒過後，她忽然將碎片尖端對準自己的手臂，毫不猶豫地劃下去。

「左、左容！爲什麼連妳也？」夏春秋愕然地睜大眼，想要上前查看她的傷勢，卻被她無聲地用眼神制止。

「小易！」夏蘿飽含吃驚的童音也跟著響起。

「小不點，妳安靜一些。」左易隨口安撫，但手中動作並沒有停下，在左臂上又劃開第二道傷，更深更重，鮮血瞬間湧了出來。

他走到門前蹲下，食指沾著血，就像是將那些血液當成顏料，迅速在地板上畫起了奇異的紋路。

左容則是將夏春秋等人聚攏在一起，示意他們彼此站好不要動，隨即也蹲下來，用自身鮮血在地板上畫出一個將他們包在裡頭的圓。

「你們兩個是不是有問題？」李律張口結舌地瞪著兩人，想要從那個紅色圓圈中出來，卻被左容充滿威懾的眼神逼回去。

就在眾人對左家姊弟的舉動一頭霧水之際，門外突然傳來粗暴的敲擊聲，砰咚砰咚、砰咚砰咚，就像門外有無數隻手在拍打一樣。

李律肩膀一縮，反射性抓著卓蘭的衣角不放。

「怎、怎麼辦？」他哭喪著臉，「那個小女生追來了啊！」

卓蘭也提心吊膽地注視著門口，深怕那扇門下一秒就會被撞開。

敲門聲響起的瞬間，夏春秋就將妹妹拉至懷裡，兩隻手護在她身前，警戒地看著喀啦喀啦響的門把。

明明房門並未上鎖，但不管門把被如何轉動、門板被如何撞擊，卻始終閉合得緊緊的，只有外頭的拍打聲變得更加劇烈。

「怎麼回事？」夏春秋在慶幸著外邊的「人」進不來的同時，心底的不安卻還是無法消除。

他看見左易繪製完門前的圖騰後就退到一邊，又沾著血在掌心上塗抹幾筆。

左容也是同樣的動作，只不過她站的位置與左易呈對角線。

「進不來耶……」李律的聲音帶著茫然，但接著卻湧出更多的興奮，「她進不來耶！」

他鬆開卓蘭的衣角，掩不住喜悅地想要走出腳邊的紅色圈圈。

「阿律！」卓蘭眼明手快地扯住他，「不要過去。」

「可是她進不來啊。」李律咧著嘴笑，抬起手撥了撥自己的劉海，「沒什麼好害怕的啦，卓蘭……」

砰！門板突然劇烈地晃動了下，這一次響起的聲音比先前的都還要巨大。

李律臉上的從容迅速退去，哆哆嗦嗦地緊挨著卓蘭不放。

「左容、左易！」夏春秋著急地大喊，他看見門板震動得更加厲害，偏偏那兩人卻像是毫無所覺，仍舊固執地待在原處。

「小易、左容姊姊！」夏蘿惶惶然地睜大眼。

下一秒，房門被猛烈撞開，重重地彈向牆壁，發出刺耳的巨響。

幽暗的走廊上，小女孩那身蒼白的膚色幾乎要刺痛人的眼。她的目光一一從站在房中央的李律、卓蘭身上掃過，最末停頓在夏家兄妹身上。

那是一種貪婪且熱切的眼神，讓夏春秋反射性將妹妹轉過身，把她的小臉蛋埋在自己懷裡。

「藏起來也是沒用的，我聞到了，眞的好香……」小女孩以陶醉的語氣說，「讓祐祐帶你們過來是對的，只要吃掉你們，我就可以……」

她說到一半忍不住嚥了嚥口水，濃黑的大眼睛閃動出愉快的光芒。因爲太過在意夏春秋與夏蘿，她甚至沒有注意到左家姊弟不在她的視線範圍。

對著房中央的四人咧嘴一笑，小女孩的眼睛彎成細細的新月狀，毫不設防地踩進用鮮血畫成的暗紅圖騰。

當發現自己無法再跨出第二步時，她表情微變，低頭看著腳下的圖，但很快地又抬起頭，露出一張詭異的笑臉。

「你們以爲這種小小的結界會對我有用嗎？」

「有沒有用，試試就知道。」左易冷笑一聲，驟然閃出，將繪有圖騰的掌心按上小女孩的臉。

他們也是抱著賭一把的心態，以自身血液爲顏料，在地板與掌心畫出了和母親傳來的照片一模一樣的圖案。

老實說，之後會發生什麼事，連他們也不清楚。

讓人震驚的是，當左易的手覆住那張蒼白臉蛋時，只見小女孩的身體猛然抽搐一下，兩隻小手扯住左易手腕，尖叫著想要將他的手從臉上扯開。

尖尖的指甲戳進左易的皮膚裡，越扎越深，幾乎要扎出個血洞，但他就像感覺不到痛。

而先前站在小女孩視線死角的左容，也無聲無息地欺近，做出了和左易一樣的動作。不同的是，她的掌心是貼在小女孩的後腦勺。

「呀啊啊啊啊——你們竟敢！竟敢！」她尖厲地嘶叫，抽搐得更厲害了，被兩人掌心緊

緊壓住的位置竄出絲絲白煙，還有一股像是皮肉被灼傷的味道。

屋子像是受到她情緒的感染，猛地震動起來，血水快速從走廊外淹進裡頭，纏住左容、左易的雙腳，沿著兩人的腿開始往上爬。

而更多血水則是往房中央的四人漫過去，只見從腥紅濃稠的液體裡伸出一隻又一隻蒼白的手，手指妖嬈地蠕動，像是盛開的白色花朵。

它們無聲滑動在血水中，往紅圈越靠越近，卻在碰觸到左容的血時驟然響起一陣讓人牙酸的滋滋聲。只見本來蒼白光滑的皮膚皺成一團，變成了觸目驚心的暗紅色，然後又以肉眼可見的速度發黑。

儘管那些手臂被燙得皮開肉綻，讓人作嘔的焦味混著血腥味瀰漫在房間裡，它們還是鍥而不捨地往紅圈拚命逼近、撞擊。

「哇啊！走開！不要過來！」李律大驚失色地拉著卓蘭往中間擠，就怕蒼白的手臂如果突破了紅圈，會第一個抓到他。

他與卓蘭的移動卻壓縮了夏春秋的空間，一個不注意的碰撞，讓夏春秋踉蹌了下，左腳頓時踩出紅圈。

那些手臂就像嗅到血味的鯊魚，瞬間往這個方向蜂擁而來，爭先恐後地抓住他的褲管、纏住他的小腿。

驚覺失去重心之際，夏春秋的反射動作就是將懷裡的妹妹往中間推去。

卓蘭反應最快，一手扶住夏蘿，一手抓住夏春秋。然而那些白色手指拽扯的力道實在太大了，夏春秋被扯得一腳跪在地上，一腳則是陷入了血水裡，而且還有不斷被往外拉出去的趨勢。

「哥哥！」夏蘿尖叫一聲，學卓蘭那樣抓住夏春秋的手。

「春秋！」左容心頭一跳，想要轉頭去看。

「不要分心！」左易咬牙切齒地說，冰涼的血水已經爬上他們的脖子，正在逐漸收緊力道。儘管開始感到呼吸不順，左易還是發狠地緊按小女孩的臉不放。

「放開我！放開我！你們這些流著討厭血脈的人類，竟敢這樣對我！」小女孩瘋狂地在左容、左易的掌間掙扎，發出撕心裂肺的慘叫。

窗戶關起又打開、關起又打開，發出砰砰砰的聲音，劇烈的力道震得玻璃上出現一條條裂痕。

夏春秋的半個身子快被那些手臂拖出去了，就連緊抓著他不放的卓蘭跟夏蘿也正在被一步步地拉動。

「阿律！像個男人一樣不要只會躲在後面！」卓蘭幾乎是尖叫般地向毫無動作的另一人大喊。

李律全身都在發抖，他很怕，真的怕得不得了……

「救哥哥，求你……」夏蘿的聲音都帶上了哭腔，一雙圓黑的眸子隱隱浮現水氣。

「我、我……」李律咬著牙，心一橫，對著夏蘿喊了一聲：「妳鬆手，讓我來。」

李律畢竟是個成年男性，力氣比夏蘿大上不少，他與卓蘭一左一右地捉住夏春秋的手，使出吃奶的力氣將人往紅圈裡拉。

而門口的小女孩仍在不斷尖叫，她的聲音淒厲如刀，身上的白煙越冒越多，然而壓在她臉上的手卻毫不心軟，甚至不斷加重，彷彿要讓手指深深陷進她的頭顱裡。

然後，左容、左易真的感覺到自己的掌心陷進去了。

不，或許不能說陷進去，而是小女孩頭部以上的部分消失了，兩人的手掌貼合在一起，發出啪的一聲。

這道聲響就像是一個信號，只見穿著碎花洋裝的嬌小軀體如同遇水的沙雕開始崩裂，肩膀、手臂、手指化作細沙，嘩啦啦地落在地板上。

而僅存的下半身也只多支撐了一會兒，很快就在左家雙子的注視下，一口氣轟然塌毀。血水消失了，白色的手臂也消失了，僅剩地板上隆起的一堆沙可以證明小女孩曾經存在。

一切異狀都緩和下來了，屋子不再震動，玻璃窗也不再開開闔闔。

李律與卓蘭不自覺地鬆開手，但驟然失去支撐的夏春秋也只不過是跌在地板上而已，什麼事都沒有發生。

房間中央的幾個人茫茫然地看向門前的左容、左易，既被眼前的一幕震撼到了，又有一種劫後餘生的虛脫感。

「左、左易，你們究竟是？」夏春秋有些恍惚地問。

「不知道。」左易看著自己的手，掌心上的圖騰已經一片模糊，沒有任何灼傷的痕跡。他又看向左容，發現對方也正同樣盯著自己。

雙生子的默契讓他們同時撕開衣服下襬，將其當作臨時綁帶，替彼此包紮手臂上的傷口。

就在這時，樓下猛地傳來砰的一聲，彷彿什麼被用力撞開。

左容、左易神色一變，當先衝出房間；夏春秋也牽著夏蘿的手，急急忙忙追上去；被留下的李律、卓蘭在呆愣數秒之後，連忙邁開腳步。

一群人匆匆跑到一樓客廳，卻發現屋子竟門戶大開，先前紋風不動的黑色門板正搖搖晃晃，隨時有脫落的危機。

門前立著兩道高瘦身影，一頭俐落短髮、身穿褲裝的高瘦女子，面無表情地打量四周；而立在她身邊的青年則是彎了彎新月般的眼，露出有些傷腦筋的笑。

由於他手裡提著一柄榔頭，一時難以判斷大門究竟是被他砸開或是被女子踹開的。

「葉大哥？」夏春秋詫異地看著那名黑髮青年，正是先前他在旅館大廳遇到的阿葉。

「三〇二房的哥哥？」夏蘿吃驚地睜大眼睛。

更讓人驚愕的，卻是左容、左易對他的稱呼。

「舅舅？」

在眾人詫異的注視下，他們又看向那名英姿颯爽的女性，不分前後地喊了一聲。

「媽。」

「葉大哥是……你們的舅舅？」夏春秋看看阿葉，又看向左家雙子，終於知道在大廳聽到那則故事時的熟悉感從何而來了。

住進綠野高中宿舍的第一天晚上，一群人聚在寢室裡講鬼故事的時候，左容就說過一模一樣的故事。

「原來你們都認識？這世界還眞小。」阿葉忍不住爲這絲奇妙的緣分笑了。

「媽，妳怎麼會跟舅舅一塊來？」左容不解問道。

「路上遇到。」葉青蓮淡淡說著，她的語氣和神情與左容太像了，讓人充分感受到兩人的血緣關係。

左易立即反應過來，當時手機裡聽到的那聲「是你」，指的是舅舅。

「事情都解決了嗎？」葉青蓮瞥了左容、左易手臂上的布條一眼，又看向李律、卓蘭、夏家兄妹，確認他們只是外表看起來狼狽，身上並無大礙後，逕自做出結論，「看樣子是解決了。」

「爸還沒找到。」想到下落不明的父親，左容不禁眉頭緊鎖。

「我知道。」葉青蓮輕輕頷首，將目光投向阿葉，「有辦法找到你姊夫嗎？」

「老實說，我還眞的沒把握。」阿葉苦笑，「白天進來這屋子時，什麼都感應不到。現在想想，應該是屋靈……」注意到幾人困惑的目光，他解釋了下，「就是屋子的靈魂，簡稱屋靈。」

「應該是屋靈不想引起你的注意，所以藏起來了。」葉青蓮接下他的話。

「啊！原來後門是你開的！」李律恍然大悟地喊了一聲。

「是我。」阿葉大大方方地承認。

「你什麼都沒有發現，我們也把看得見的地方都找過一遍了。」左易想到白天的無功而返，忍不住咂了下舌，「那麼老爸到底是在哪裡？」

「看樣子，只能從看不見的地方下手了。」阿葉嘆了口氣，舉起手裡的榔頭，環視客廳周邊的牆壁。

「左邊……沙發後面……」

有誰的聲音輕緩響起，縹緲得像是要融進空氣裡，被門口吹進來的晚風所吞噬。

「春秋？」左容飛快地轉頭看向夏春秋。

「哥哥？」夏蘿也聽到了，輕輕拉了一下兄長的手。

夏春秋一回神，就看見幾人的目光或審視或驚疑不定地看著自己，這讓他緊張地眨眨眼，「怎、怎麼了？爲什麼都看著我？」

「你知道你剛剛說了什麼嗎？」左易挑眉。

「咦？我、我有說話嗎？」夏春秋回了一個更加茫然的眼神。

「他有說話嗎？」李律一頭霧水，悄悄地問著身旁同學。

「我也不知道。」卓蘭搖搖頭。

「左邊沙發後面，是吧。」阿葉沒有再追究夏春秋有沒有開口，他將榔頭交給葉青蓮，示意左易、左容、李律，跟他一起上前將笨重的沙發移開。

接著，他在牆上四處敲了敲，聽著聲音是否有哪裡不太一樣。當他再次拍向牆壁時，神色驀地一亮。

「這裡！」

「退開。」葉青蓮大步走上前，把阿葉拉到一旁，也抬手在那處敲了敲，接著就揮起榔頭重重地砸下去。

「卓蘭……」李律的嗓音有些發乾，「我終於知道那兩人是遺傳到誰了。」

雖然李律說得含糊，但卓蘭卻心知肚明，深有同感地點點頭。

當第一道裂痕出現時，一股腐敗臭味猝不及防地衝了出來，李律好奇地吸了吸，隨即皺起一張俊臉。

「什麼味道？好臭！」

夏春秋也聞到這股味道了，他連忙屏住呼吸，同時伸手掩住妹妹的口鼻，帶著她往後面退去。

「你們幾個，去外面。」阿葉一邊回頭吩咐，一邊從外套口袋裡拿出兩個口罩，與葉青蓮一人戴上一個。

當裂縫越來越大，氣味也變得越加明顯，難聞得讓人反胃欲嘔，彷彿再多吸上一口，就會被這味道灼傷肺部。

李律是第一個衝出去的；卓蘭也被這氣味熏得受不了，跌跌撞撞地跑到外邊樹下，扶著樹幹乾嘔。

左容與左易強忍這股腐敗味道，堅持待在門邊——這裡的視角足以讓他們在第一時間確認父親的安危。

夏春秋想把妹妹帶到屋外，但十歲的小女孩卻倔強地搖搖頭。他只好退而求其次地把人拉到門口，至少還可以聞到清新的空氣。

當水泥碎塊嘩啦啦地落了一地，牆壁也出現了一個中空的洞。一名身材微胖的中年男子癱坐在裡頭，他雙眼緊閉，臉色蒼白，但還在起伏的胸膛說明了他只是昏迷不醒。

在葉青蓮與阿葉聯手將中年男子拖出來的時候，左容、左易看見有一隻手忽地從洞裡滑了出來，軟軟地垂落。它的皮膚上已布滿綠色斑塊，部分皮肉腐爛，手指卻緊緊抓著一支手機不放。

左容想起父親在失去蹤影前打來的那通電話，夏蘿的小手則是無意識地捏緊口袋裡的手機。

或許，那些警告的電話便是從這支手機撥打出去的吧？

尾聲

廢屋外，卓蘭與李律都癱坐在地上，先前發生的事對他們來說太震撼，到現在都還無法平復心情。

左書樓被安置在一棵樹下，他此時已經醒了過來，只是看起來極爲疲倦，眼皮撐起又掉下來、撐起又掉下來，最後葉青蓮乾脆將他的眼睛捂上。

左容和左易就站在父母身邊，葉青蓮正仔細地詢問他們身上所發生的事，每個細節都不放過。

「是嗎？原來除了屋靈之外，還有另一個孩子……」葉青蓮若有所思，「他不是眞正的陰魂，而是由屋主的執念與妄想所化，難怪你們舅舅感覺不到他。」

說到這裡，她頓了頓，忽然看向夏春秋他們離開的方向，接著又把視線挪回左容、左易身上。

然後，葉青蓮淡淡開口：「那一對兄妹，你們最好多注意一點。」

「媽。」左容聲音一凜。

左易的眼角則是不滿地吊高，眼神轉爲凌厲，顯然無法認同這句話。

葉青蓮深深看了他們一眼，卻沒有再多說什麼，只是拋下一句「沒有心理準備，不要與他們太接近」，也不管姊弟倆臉上是什麼表情，自顧自地走進廢屋裡，準備進行一次徹底的搜查。

兩、三人可並肩行走的森林小路上，阿葉拿著手電筒走在前方，身後是夏春秋與夏蘿。

由於夏家兄妹是被祐祐強行帶到屋子裡，早已錯過了與父親的約定時間，當夏春秋拿起手機一看時，才發現未接來電多達十幾通。

只是先前顧著逃跑，再加上場面太過混亂，因此不管是夏蘿還是夏春秋，都沒有注意到手機鈴聲響起。

夏春秋慌慌張張地回撥給父親，一邊聽著夏蘿小聲地央求他不要將兩人落水的事告訴父親，一邊想著該如何解釋他們出現在森林廢屋裡這事。

沒想到的是，電話一接通，傳來的不是夏舒桐憤怒的斥責，而是鬆了口氣、隱含哽咽的聲音。他沒有多問什麼，只是再三確認兄妹倆是否平安，這讓夏春秋更內疚了。

也正因為這樣，葉青蓮便讓阿葉先將夏家兄妹送回鎮上，她與一雙兒女及兩個大學生留下來處理後面的事——李律自然是不願意的，但懾於她的魄力而不敢反抗。

夏春秋牽著妹妹的手，亦步亦趨地跟在阿葉身後，腦海裡始終無法忘懷在屋子裡看到的那一幕。

中空的牆壁裡，除了找到左容、左易的父親，還意外發現一具屍首。只是腐敗的臉龐已讓人看不出原本模樣，只能從穿著與髮型判斷出那是一名女子。

阿好姨惆悵又傷感的聲音隱隱迴盪在耳邊。

「有人在森林裡失蹤了。」

「那個女孩子說要去森林拍照，但是到晚上都還沒回來……」

「我們找了一遍又一遍，連那棟屋子都進去過了，幾乎要把整座森林翻過來，還是沒有找到她，她就像是徹底消失一樣……」

那個人，就是阿好姨和陳哥提到過的失蹤女大生吧。

想到這裡，夏春秋看著阿葉的背影，欲言又止了一會兒，最後還是忍不住開口。

「請問……牆壁裡的那個人，可以找人替她超渡嗎？」

「當然了，我就是為此而來的。」阿葉回頭，微微上揚的眼角讓人忍不住心生好感。

「葉大哥不是為了取材，才來橙華鎮嗎？」夏春秋有些困惑。

「那是為了從陳哥他們口中套消息而想出來的藉口。啊，但是我真的有在寫小說，只不過是副業。」阿葉補充。

「大哥哥是做什麼的？」夏蘿細聲細氣地問。

「有點像道士，就是負責捉鬼抓妖、看看風水，或是替亡者超渡。附帶一提，青蓮姊就是一位風水師。」阿葉乾脆放慢腳步等兄妹倆跟上來，三人並肩而走。

「那、那，左容他們用血畫出來的是……」夏春秋想到主臥室地板上的圖騰。

「那個啊，是用來鎮壓不好的東西。」阿葉仔細解釋，「跟符咒的功用差不多。因爲我們葉家的血脈帶有辟邪能力，可以加強圖陣功效，所以青蓮姊才會叫左容、左易用他們的血。」

「原、原來如此。」夏春秋恍然大悟，接著又想到先前的疑惑還沒有解開，連忙問道：「葉大哥，你是不是認識那個女孩子？否則怎麼會說爲此而來？」

「我不認識，是她的父母委託我，希望我能幫他們找回失蹤的女兒。」阿葉簡明扼要地將事情原委說了一遍。

說完之後，他拍了拍夏春秋的肩膀，笑著催促道：「好啦，我們走快一點吧，你們的爸爸一定等得很著急了。」

不管是夏春秋還是夏蘿都沒有注意到，阿葉看著他們時，眼裡一閃而逝的凜然光芒。

〈迷走屋〉完

番外 夏春秋的打工時間

一隻手慢吞吞地從被窩裡伸出來。

緩慢的速度，簡直就像是電影裡常出現的喪屍一樣，僵硬又遲緩。

接著那隻手探向了床頭櫃，在那裡摸啊摸的，預定目標的衛生紙包沒摸到，反倒不小心地……

將堆在床頭櫃上的一疊睡前讀物掃了下來。

瞬間一陣慘叫從被窩裡發出，一抹人影跟著彈跳起來。速度之快、之猛烈，宛如被踩到尾巴的貓咪，剛才的慢動作彷彿只是一場錯覺。

「好痛痛痛痛啊……」頂著一頭亂髮的年輕女子摀著被一疊書「洗禮」的腦袋，覺得眼前好像都被砸出一串小星星了。她可憐兮兮地吸著鼻子，將書全撥到一邊去，又「啪」地倒回床鋪。

這次沒忘記順便撈走衛生紙包。

抱著這幾日幾乎無法離身的新歡，夏舒雁無意識地擠出一串古怪的呻吟。不知情的人聽見了，只怕會驚悚地以爲她在喃唸什麼咒語。

不過若是再靠近一點，就會恍然發現原來那不是咒語，而是──

「好痛苦啊，痛苦得要命啊……嗚喔喔喔，怎麼那麼痛苦？怎麼可以只有我一個人？」

好吧，聽起來更像是詛咒了。

咕噥了好半晌，夏舒雁終於放棄似地再重新爬起來。她抽出一張衛生紙，一點也不淑女地發出好大的擤鼻聲，然後再將衛生紙團隨手往床下一扔。

小巧的垃圾桶裡，起碼堆積了半桶相同的衛生紙團。

再看看床上女子紅通通的鼻頭與泛著水氣的雙眼，還有那比平時還要沙啞的嗓音，綜合上述幾點，不難猜出──

夏舒雁她感冒了。

「眞希望人可以不用嘴巴和鼻子也能呼吸……沒錯，有腮就好了啊……」嘴裡說著不可能實現的妄想，夏舒雁抓抓一頭亂七八糟的長髮，連綁都懶得綁，乾脆朝旁邊摸索出鯊魚夾，將髮絲率性地在腦後夾成一大團，也省得遮住她的視野，「手機、手機……我的手機呢？」

四下找尋一圈，發現床頭櫃和小矮櫃都沒瞧見手機後，夏舒雁眉毛擰在一起。她皺著臉，努力地思考一會，下一秒腦袋靈光一閃，立刻將棉被大力一掀。

手機正靜靜地躺在床鋪角落。

夏舒雁以詭異的姿勢往前探出身子，手臂使勁地伸長，奮力將手機撥了回來，也不在乎這姿勢會不會違反人體工學，就這樣開始滑起手機，看看有沒有收到工作或友人的消息。

第一個跳出來的果然是出版社。

身為夏舒雁責編的葉子，很盡責地發來一連串慰問兼催稿信。

這時夏舒雁不禁慶幸起自己選在這時間點感冒了，否則她早在前幾天就會被葉子和美編再次綁架到出版社，強制關進小黑屋裡。

她甚至還能回想起當天的對話。

「什麼？妳感冒了？真的假的？」葉子第一個反應就是先懷疑。

「好過分，葉子妳不愛我了……」夏舒雁故作傷心地說。

「反正妳也不愛我。」葉子很冷酷地回應，「妳要是愛我就會準時交稿了，或者等妳交稿我就愛妳了。」

「咦？妳說什麼？剛剛訊號好像不好耶。」夏舒雁將手機拿遠一點，裝傻地打哈哈。

「我說夏大作家，妳難不成還想再嘗嘗小黑屋的滋味嗎？」葉子更加冷酷無情地說，「我們美編已經做好出動的準備了。」

「等等、等等！葉子，我是病人耶……」夏舒雁求饒地拉長尾音，「而且還是熱騰騰剛出爐的感冒病患。妳想想，要是把我關進小黑屋，等於把一個新鮮病毒放進密閉空間裡。然後啊，當你們一打開小黑屋的門，濃濃的感冒病毒就會嘩啦地湧出來，進攻你們出版社各部門。再然後，我們打招呼的第一句話就可以變成『嗨，病友』了……唔唔，這畫面我突然有點想看耶。」

「不，謝謝，我一點也不想看。」夏舒雁太過有畫面感的描述，讓電話另一頭的葉子黑了臉。

爲免讓出版社全體同仁因爲夏舒雁而陣亡，葉子最後只好忍痛放過對方這一回，讓人待在家裡好好休養身體。

重點，不能落下進度。

關閉回憶的夏舒雁撓撓臉頰，打算裝作暫時失憶。

進度什麼的……哈哈哈，就隨風去吧，人要向前看才對！

一邊做著完全不符合成熟大人該有的決定，一邊爲這個選了好時機報到的感冒點個讚，夏舒雁渾然不記得方才是誰還在爲感冒帶來的副作用哀叫不休。

看完編輯的訊息，夏舒雁注意到有一通未接來電。

來電者的姓名是劉意。

夏舒雁盯著那個名字好一會，遲鈍的腦子總算反應過來，這位正是之前咖啡廳鬧鬼事件的苦主，亦是秦牧先生的朋友。

自從上一回事情在堇姨的出手協助下順利落幕——或者更正確一點的說法，是在夏春秋犧牲色相、扮作女孩子才順利落幕——夏舒雁和劉意也成了談得來的朋友，互相交換了手機號碼和LINE。

更重要的一點，是爲了能夠得知更多更多的，秦先生和堇小姐的八卦。

清了清喉嚨，確保聲音不會啞得太嚇人，夏舒雁回撥電話，心裡同時猜想對方是爲了什麼事而找她。

該不會……是咖啡廳又有一隻宅男阿飄在作亂了？

手機另一頭很快就接通。

「喂喂，雁子嗎？」劉意其實是個自來熟的人，和夏舒雁的性子一拍即合。不像秦牧至今還是禮貌地稱呼夏小姐，他熱情地喊起了對方的暱稱，「妳總算打給我了。」

「不好意思，手機調靜音就漏接了。」夏舒雁笑嘻嘻地說，「劉意啊，你找我什麼事嗎？」

「妳的聲音好像怪怪的……妳感冒了嗎？」劉意耳尖地捕捉到異常，連忙關心地問。

「感冒好幾天了，不過現在好多了，沒事、沒事。」夏舒雁在床上翻滾一圈，再一股腦地坐直身體，雙腳套進毛茸茸的室內拖鞋內，「謝謝關心啊。」

「沒事就好。現在流感凶猛得很，我店裡也有幾名服務生中獎，總之身體一定要顧好哪。」唏噓了一番，劉意切入重點，「其實啊，我是有事想找妳幫忙的。」

「幫忙？需要用到堇姨嗎？」

「堇、堇姨？不不不不用！太、太大材小用了，而且我的店裡已經很正常了，沒再出什麼怪事，我保證，眞的！」想到那名清冷嫵媚的女性，劉意忍不住就打一個哆嗦。對方身上那種與生具來的威嚴，總會讓他覺得自己重返了學生面對訓導主任的年代，「我認爲當面談比較好，不過妳現在感冒，還是……」

「不好意思喔，劉意，你先等我一下。」夏舒雁暫時打斷了劉意的話，轉頭看向響起敲門聲的房間門。

春秋不在，那麼敲門的就只有……

「小蘿請進。」夏舒雁喊了一聲，旋即發現自己的喉嚨比較沒那麼刺痛了，嗓子聽起來也好很多。

房門自外打開，只是探進的人影卻不是預料中的黑髮小女孩。

「大膽妖怪！妳把我家可愛的小姪女抓到哪去了？」夏舒雁一腳踩在床上，氣勢滿滿地衝著門口的人影喊道。

綁著俐落馬尾的女子冷酷無情地望了夏舒雁一眼，「果然燒壞腦袋了，我看探病禮也不需要了，反正沒救了。」

「啊啊啊！阿藍別那麼無情無義啊！」夏舒雁忙不迭放下腳，雙手合十，「我這不是生病，所以一時腦抽嗎……所以探病禮是什麼？」

「橘子。」藍姊好心地回答，「不過我剛剛先剝給小蘿吃了。」

夏舒雁頓時像一顆洩了氣的皮球，「咚」地倒回床上。

「夏蘿有留一半給小姑姑。」軟軟的童聲自藍姊後方傳出。

藍姊退開一步，讓被她遮擋住的小巧身影鑽到前方。

「小姑姑，橘子在樓下，要夏蘿幫妳拿上來嗎？」夏蘿問道。

「小蘿果然是我們家的小天使，小姑姑愛死妳了！」夏舒雁感動地朝小姪女發送一枚飛吻。

但因爲角度不對，讓藍姊被迫接到。她馬上毫不掩飾自己的嫌棄，還彈舌嘖了一聲。

還未等夏舒雁傷心地向藍姊控訴這種殘忍的行爲，夏蘿又開口，青澀的童音在房間內迴盪。

「小姑姑在跟人講電話嗎？」

剎那間，包括夏舒雁自己在內，三雙眼睛都往被緊抓在手上的手機望過去。

夏舒雁猛地想起自己還晾著劉意，急忙先做個「稍等我」的手勢，重新投入通話中。

「嗚啊，眞的很不好意思啊，讓你等那麼久……我們剛是說到哪了？你說有事要找我幫忙嗎？」

「對對對。」由於夏舒雁沒特地摀著手機，因此方才幾人的談話都被劉意聽得一清二楚。尤其是藍姊那天生冷冰冰的聲音，更是使得他不由自主地一縮肩膀，好在夏舒雁的聲音重新緩和了他的緊張，「雁子，我覺得事情當面說比較好，正巧我今天放假，不如我直接去妳們家拜訪？」

劉意心裡其實還打著一個小算盤，要是他去夏舒雁家，目標人物剛好也在那裡的話，他就能打鐵趁熱地說服人家達成他眞正的目的。

「可以呀。」夏舒雁沒多想，豪爽地一口應允，「地址我等等用LINE發你吧。」又簡單地和劉意說了幾句，夏舒雁這才結束通話，轉頭看向門口處的藍姊和夏蘿。

「劉意？」藍姊眉毛揚高，她記性很好，一聽見這人名，腦海自動跳出對方的模樣，「他家咖啡廳又有宅宅阿飄了？」

只能說藍姊和夏舒雁不愧是好友，兩人第一個念頭都是同樣的內容。

「宅宅阿飄？」夏蘿不甚明白地眨眨烏黑的大眼睛。

「等小蘿大一點再告訴妳。」夏舒雁打哈哈地一語帶過，畢竟那次事件還涉及了夏春秋的黑歷史。

身爲男高中生，夏春秋大概不會想讓妹妹知道自己曾穿過女裝，扮作女孩子和一名鬼魂約會的。

夏蘿乖巧地點頭，「所以有客人要來嗎？夏蘿要再剝多一點的橘子嗎？」

「不用！」這次是夏舒雁和藍姊異口同聲地說，語氣還是斬釘截鐵的。

「叫他自己剝就好了，我哪捨得讓我們小蘿動手。」夏舒雁將地址發出後，就將手機塞進口袋裡。她伸伸懶腰，有種直覺，劉意的到來會帶來些有趣的東西。

如果是八卦就好了，八卦可是靈感的最佳來源。

想到這裡，夏舒雁的精神更加振奮，一掃早先病懨懨的模樣。

「妳現在看起來可一點也不像病人了。」藍姊上上下下打量夏舒雁一眼，「相信妳家編輯知道了一定會很開心。」

「不不不，阿藍妳肯定是眼花看錯了，我這是……我這叫迴光返照！」夏舒雁一聽到「編輯」兩字就頭暈，立刻故作虛弱地摀著頭。

卻沒想到「迴光返照」這四個字，讓夏蘿震驚地睜大了眼。

夏蘿記得昨天陪夏舒雁看的電視劇裡面，有演到什麼叫迴光返照。

就是病得很嚴重，突然間有精神，可其實是快要死掉了。

夏蘿小臉蛋瞬間血色全失，一雙眼睛也迅速地紅了一圈，淚水在裡頭積蓄。她想到了曾經躺在病床上的母親……

「夏蘿不要小姑姑迴光返照！」夏蘿急急地跑上前，抓住夏舒雁的手，稚氣的嗓音混著哽咽，「小姑姑不可以迴光返照！」

夏舒雁一瞧就知道壞了，自己平常和藍姊百無禁忌地開玩笑習慣了，卻讓可愛的小姪女信以爲眞。

萬一被大哥知道她弄哭了夏蘿，她鐵定吃不完兜著走。

「不是、不是啊……」素來大剌剌的夏舒雁也慌了，她手忙腳亂地設法安撫紅著眼眶的小女孩，「小姑姑剛是隨便亂說的，絕對不是迴光返照……小蘿妳要信我，妳看小姑姑可是像小強一樣活蹦亂跳，才不會被小感冒打倒的。小強很厲害的，世界末日都能活下來，所以小姑姑也是那麼厲害！」

夏蘿眨巴著眼，看著極力解釋的夏舒雁，眼裡還含著淚，但驚慌終於有轉淡的跡象。

藍姊搖了搖頭，覺得自己這位高中好友爲了小姪女也是挺拚的。

看看，都把自己形容成小強了。

好不容易讓夏蘿相信自己並不是迴光返照，而是感冒快痊癒，夏舒雁鬆口氣，並且暗暗發誓，下次絕不會在小姪女面前亂開玩笑了。

要是把人弄哭了，心疼的也還是自己啊。

更不用說她大哥會回來追殺人。

由於劉意晚點要上門拜訪，夏舒雁想到家裡有藍姊帶來的橘子可以用來招待人，冰箱也還有啤酒，就沒特意再出門買點東西了。

劉意是下午過來的。

當「啾啾啾」的鳥鳴門鈴聲在客廳內響起的時候，客廳裡的三個人同時抬頭。

「是客人？」這是夏蘿。

「這電鈴的聲音不能換一下嗎？聽得我都軟了。」這是藍姊。

「哎唷，反正阿藍妳也硬不起來嘛。」這是夏舒雁。剛開完黃腔，就遭到冷眼橫視，她吐吐舌頭，「好啦，下次我換汪汪汪的如何？還是說小蘿喜歡喵喵喵？」

「小姑姑決定就好。」夏蘿的注意力都放在被兩名大人拉偏的正事上，「有客人。」

「喔，對對對，應該是劉意到了。」夏舒雁從沙發上爬起來，「我去開門吧，阿藍妳挪個位置。」

一個人霸佔長沙發的藍姊意思意思地挪動了幾公分。

「藍土匪。」夏舒雁翻了一枚白眼。不過她心裡也知道，等她將客人領進門後，就會見到讓出的空位了，藍姊也只是故意做個樣子給她看而已。

「哪裡。」藍姊一挑眉，「比不上那位堇寨主。」

夏舒雁對此不能再更同意了。

堇姨那才是眞正的土匪頭子，霸道又霸氣得很，她們兩名小輩都得靠邊閃。

就在夏舒雁和藍姊你來我往的這幾句話間，擱在桌上的手機驀地鈴聲大作。亮起的螢幕上，顯示的正是「劉意」兩字。

「喂喂？」夏舒雁眼明手快地抄起手機，貼上耳邊，「劉意嗎？喔喔，你到了啊……等我一下，我這就來開門。」

懶得走正門，夏舒雁乾脆從簷廊跳進院子裡，三兩步地往墨綠大門走去。

過沒多久，夏舒雁就將客人領回來了。

和秦牧宛如體育社團的高壯身軀相比，劉意身高中等、體型偏瘦，給人的感覺更加有文藝氣質，第一眼看上去就是斯斯文文的。

比起咖啡店老闆，劉意更常被人誤認爲老師。

雖然事先就知道藍姊也在場，然而一瞧見客廳裡那抹綁著馬尾的身影，劉意還是本能性地一縮肩膀，腳步差點就停了下來。

沒辦法，藍姊冷颼颼掃過來的眼神實在有點嚇人。

「劉意你幹嘛？進來啊。」夏舒雁早就習慣藍姊的視線溫度，渾然不覺有哪不對，她笑嘻嘻地招呼著劉意落坐，「阿藍你認識嘛，來來，跟你介紹一下我的寶貝小姪女，小蘿。」

說起夏蘿，夏舒雁是驕傲地抬頭挺胸，眼神格外明亮。

劉意好奇地望著那名直直注視自己的黑髮小女孩。

雖說小女孩的膚色有些過於蒼白，臉蛋也缺乏表情，唯有一雙黑眸亮得驚人，和同年齡小孩的活潑截然不同，但依舊能看出她五官精巧，不說話的時候像尊沉默的瓷人偶。

劉意原本以爲夏春秋的妹妹也會是靦腆害羞的個性，沒想到眼前的小女孩大大出乎他的意料。

「小蘿嗎？妳好，我是妳小姑姑的朋友。」劉意心裡只是吃驚一瞬，隨即就露出和善的笑容，笑咪咪地自我介紹，「妳叫我劉意哥……」

後面的「哥」字還未從劉意口中滑出，就先被夏舒雁爽俐的聲音截斷。

「小蘿，喊他劉叔叔就好了。」夏舒雁的微笑也很爽朗，絲毫沒理會劉意發懵的表情。

「劉叔叔好。」夏蘿聽話地開口。

於是劉意連反對的機會也沒有，就被人貼上了叔字輩的標籤。

劉意苦著臉，他年紀又還沒過三十，讓小朋友喊他一聲哥哥也可以的吧？更何況，他對藍姊是喊藍姊，記得夏春秋也是喊藍姊，那麼妹妹的夏蘿估計也是同樣……

這輩分不會整個大混亂嗎？

「哎，爲什麼會輩分混亂啊？」夏舒雁納悶地問。

了。

劉意反射性看向坐至夏蘿身邊的夏舒雁，這才猛然意識到，自己不小心將內心話說出來了。

「你就跟我一樣直接喊阿藍『阿藍』不就好了？對吧，阿藍？」夏舒雁大剌剌地說道，一手將夏蘿攬在懷裡。

「妳是在玩繞口令嗎？」藍姊冷漠地睨著擺出大老爺坐姿的夏舒雁，下一句話則是針對劉意，「隨便你。」

「不不不。」劉意一緊張，險些要脫口嚷出「這樣太不敬了」，好在他及時掐住句子。他覺得喊阿藍沒辦法表達出他對藍姊的敬意，現在喊藍小姐又像特意拉開距離，偏偏藍姊當初的自我介紹只有簡潔有力的三個字。

「敝姓藍。」

完全沒有要再說出後面名字的意思。

劉意兀自糾結了一會，最後索性將稱呼問題扔到一邊去，他來這還有更重要的目的。清了清喉嚨，裝作剛才什麼事都沒發生，劉意接過夏舒雁推過來的茶水，潤過喉後才開始切入正題。

「雁子，我之前不是說有事想拜託妳嗎？其實呢，我是想拜託妳幫我問看看春秋和他的那位朋友。」

「哥哥？」一聽到兄長的名字，原先安靜坐著的夏蘿就像被觸動般張大眼睛，瞬也不瞬地盯著劉意。

「對對，就是小蘿妳的哥哥。」劉意連忙點頭，「我想請小蘿的哥哥和朋友幫忙呢。」

「春秋和春秋的朋友？」夏舒雁起初有些摸不著頭緒，自家姪子的朋友怎麼算也有好幾個，劉意說的是哪一個？

「左容。」藍姊看不下去夏舒雁的遲鈍，不耐煩地扔出兩個字。

「就是左容沒錯！」劉意喜出望外地一擊掌，「那位特別帥氣的女孩子！」

「行啊，我可以幫你問，不過你是要他們幫什麼忙？」夏舒雁的好奇心全湧上來了。

「咳，妳們也知道，我店裡之前碰上那種事……客人流失了一些，生意也掉了一、兩成。」夏蘿在場的情況下，劉意也不好將「鬧鬼」直接說出口，他含糊地解釋著，「我打算弄點新的活動企劃，先鎖定學生這一塊客群。所以我就想問問春秋和左容他們，願不願意打個工，替我的活動拍個宣傳海報之類的。」

「要拍怎樣的海報？」夏舒雁迅速拿出監護人該有的態度，要先替自家姪子把關，「先說好，尺度大的絕對不行，這我連問都不會幫你問的。」

「妳想到哪裡去了？」劉意哭笑不得，「我們只是咖啡店啊，能有什麼大尺度……海報主題是女僕和執事，這很健康吧？」

「小姑姑，執事？」陌生的名詞讓夏蘿抬眼看著夏舒雁，以求解惑。

「就是管家先生。會幫家裡把所有家事都做完，還會煮好吃菜色的偉大存在呢！」夏舒雁原本只是想簡單解釋給夏蘿聽，結果不知不覺把自己的私人妄想全摻加進去了。

「小蘿別聽妳小姑姑胡說，把前面那句聽進去就可以了，後面那句當她放屁。」藍姊不客氣地踢了夏舒雁一腳，要她別再隨便帶壞國家未來的花朵，順便把跑偏的話題扯回來，「劉意，你是要春秋和左容當你的廣告模特兒？」

「對對對，就是這樣。」發現自己的意思被人徹底理解，劉意不禁感動萬分。他深知打鐵趁熱的道理，迅速又奉上自己的手機，「藍姊、雁子，我們這邊目前敲定的服裝是這幾套，妳們看一下，絕對展現出年輕人的青春亮麗。」

三顆腦袋有志一同地往劉意手機湊去，映入眼底的是一張張女僕裝或執事服的照片。

執事服基本上就是一身黑白，像是西裝的型式；女僕裝的變化就稍微多一點了，有常見的黑白色，也有俏麗的粉紅色。裙子長度亦有蓋至腳踝的長裙，或是只到膝蓋處的短裙，另外也有添加蕾絲髮帶的。

「粉紅色先拿掉，如果你眞的想找左容的話。」藍姊淡淡提出建議。

劉意連忙點頭，毫不考慮地將那張照片刪掉，「藍姊，那裙子的長度呢？妳覺得左容會比較願意接受哪一種？」

「等一下，怎麼都問阿藍？」被忽略的夏舒雁抗議。

「因爲我比妳値得信賴。」藍姊冷笑。

劉意可不敢貿然插話，免得同時得罪兩邊。

「也是啦。」沒想到夏舒雁居然也認同了，或者說她神奇的腦迴路自動把藍姊的嘲諷轉化成另一層意思，「阿藍比我看起來少年老成嘛，嘿嘿，所以說我還是年輕貌美的。」

夏舒雁自誇起來是臉不紅氣不喘，得意的笑容揚得大大。緊接著她雙眼一亮，像是想到什麼好主意地挺直了背脊。

下一秒，夏舒雁眉開眼笑地說，「劉意，不然換我和阿藍替你打工也行呀。」

「啊？」

「……啊？」

雖然是同樣的單音節，可前者是吃驚，後者是毫不掩飾的嫌惡。

相較劉意是滿臉呆滯地看著語出驚人的夏舒雁，藍姊的眉頭已經擰起，目光如刃地戳向了好友。

「夏舒雁，妳是感冒病毒入侵腦袋了嗎？」藍姊陰森森地說，「需不需要我幫妳的腦袋通通風啊？」

「吼，阿藍，妳幹嘛一臉像吃到大便的樣子？」夏舒雁伸出手，大力拍拍好友的肩膀。

「妳全家才……」夏蘿的身影讓藍姊恨恨地吞回咒罵。她使勁地在那隻手背上擰轉一下，聽見對方的慘叫才稍稍解氣，「妳自己吃飽沒事幹，別拖人下水。」

「痛痛痛……阿藍妳好狠的心……」夏舒雁一張臉全皺了起來，她揉揉發紅的手背，覺得自己的皮肉像是險些要被捏下一塊，足見下手之人的心狠手辣，「別這麼說嘛，妳可以負責穿執事服，我來穿女僕裝。小蘿，妳想不想看藍姊穿帥氣的執事服呢？」

夏舒雁打的主意是讓夏蘿來說服藍姊。

如果是她家人見人愛的小蘿開口，就算是阿藍那個和石頭差不多的硬脾氣，大概也會軟化的吧？

夏舒雁的想像很美滿，可惜……

「夏蘿想看哥哥穿。」夏蘿拉著夏舒雁的衣角，抬高的小臉蛋雖然面無表情，但黑亮的大眼睛裡滿是堅定。

「咦？但是……」夏舒雁試圖再遊說。

「想看哥哥穿。」那雙黑澈的眸子眨也不眨。

「小蘿，妳眞的……」夏舒雁不死心。

「哥哥。」夏蘿還是面無表情，然而眼裡的期待幾乎要滿溢成星光了。

夏舒雁她……她認輸了。

面對向來乖巧聽話的小姪女難得那麼堅持地要求一件事，夏舒雁又怎麼捨得說不。

況且，如果穿執事服的人選是夏春秋，夏舒雁也不好意思佔了女僕裝的名額。這站在一起，豈不像年齡差一大截的姊弟戀？

「知道了、知道了，我現在立刻就來聯絡春秋。」夏舒雁舉雙手投降，換得夏蘿露出了欣喜的小小笑弧。

一旁的劉意也驚喜地坐直了身子，迫不及待地等著夏舒雁撥出電話。

「咦？打工？什、什麼，是穿執事服!?」

夏春秋接到來自小姑姑的電話時，他人正在市區裡的一間書店。和左容。

不小的吃驚讓夏春秋不自覺放大了音量，登時引來書店其他人的側目。他耳朵一紅，熱度攀升，連忙摀著手機，快步走向門口，不忘向看過來的左容做了個「我去外面一下」的手勢。

今日依舊一身褲裝，基本上讓人看不透她眞正性別的俊麗少女點點頭，目光追尋著那抹踏出書店的人影，隨後自己也移動了腳步，往最靠近門邊的書櫃挪去，好讓自己選書的同時，亦不會錯過窗外人的一舉一動。

夏春秋自然沒發現左容的舉動，他的心神此時都放在手機通話上。

「小姑姑，妳、妳確定沒說錯嗎？」夏春秋結結巴巴地問道，他覺得這要求聽起來太不可思議了。

劉意先生居然想找他拍宣傳照？

自認樣貌不出眾，也沒顯著優點的少年一臉苦惱，殊不知那模樣被人悄悄拍了下來。

左容若無其事地收起手機，將看中的書籍從書櫃高處拿下，準備帶去櫃台結帳。

說起會和夏春秋一起逛書店這事，在夏春秋看來是偶然——剛好都要買書的兩人在宿舍大門碰上了，結伴同行也是理所當然的——而對左容來說，則是不會出差錯的精準計畫。

其實在左容擬定計畫的時候，也有考慮過是否要換上不常穿的裙裝，不過很快被她自己否決了。雖然她喜歡看少年臉紅的模樣，但也不願意讓少年太過緊張，最後變得拘謹，和自己保持了距離。

左容一點也不喜歡這情況發生。

收銀台的女店員管不住自己的視線，一再往左容臉上飄去，只覺得面前的客人好看得不得了，就算臉上沒有太多表情，透出冷然的感覺，依舊讓人心跳加速，兩頰升溫。

只不過當女店員低頭看見那幾本欲結帳的書，她心裡的粉紅泡泡剎那間破得一乾二淨。

《如何有效攻略遲鈍不已的他／她》

《校園戀情的正確打開方式》

《從同學到同居，不再是遙不可及的夢想》

沒想到這麼養眼的帥哥，竟然有喜歡對象了……渾然不知弄錯他人性別的女店員默默地刷條碼、收錢、找零，收起了一顆花痴的心。

「不好意思。」冷淡的聲音傳了出來。

女店員的一顆心猛地提到喉頭。這是要搭訕自己了嗎？那些書是要引起自己注意力的嗎？我願意啊！我一百個願意啊！

「可以給我袋子裝嗎？」左容神情漠然地說完話。

意識到自己完全會錯意的女店員，心碎地遞出自家書店專用的紙袋。

確保書名不會被想攻略的對象看到，左容邁步走向了大門。

正巧結束通話的夏春秋一抬頭，便瞧見那抹即將踏出店外的高挑人影。沒有多想，他上前一步先幫忙把門拉開。

左容眼裡滑過柔和的笑意，想到了來書店的路上，夏春秋不自覺都會走在她的外側，那同時也是靠馬路的位置。

她喜歡少年臉紅的樣子，也喜歡少年自然的體貼。

「左容，妳買好書了？」夏春秋注意到左容手上的紙袋。

「嗯，你呢？反正不趕時間，我們可以再進去看看。」左容平靜說道。

夏春秋搖搖頭，「沒關係的，我看過了，我想找的那位作者還沒出新書。」

「剛是小蘿打電話嗎？」左容像是隨口一提。

「啊，不是，是小姑姑。」夏春秋老實地回答，接著不知想起什麼，他的耳朵尖突地泛紅，原本流暢的語氣跟著開始變得結結巴巴，「左、左容，妳……妳對打工有興趣嗎？」

這話題跳得突然，但左容心思靈敏，霎時就將這事和方才的電話串聯起來。

「是小姑姑在問嗎？」

「妳、妳怎麼知道？」夏春秋大吃一驚。

「猜的。」對方瞪大眼的模樣讓左容忍不住微微一笑，「可以告訴我是怎樣的打工內容嗎？」

夏春秋不只耳朵紅，臉也染上淡淡的紅暈。

這勾起了左容的好奇心，畢竟尋常的打工，可不會讓少年無端端臉紅的。

「就是……」夏春秋不自覺放低音量，眼睛眨得比平時快，「妳還記得劉意先生嗎？」

左容點頭。怎麼會不記得？那次事件也帶給了她美好的回憶。

「其實是他要找人打工，一次性的。他希望我們能換上執事服和女、女僕裝，讓他那邊拍個活動宣傳照……」夏春秋的聲音越來越小，紅色蔓延到他脖子上了，「左、左容，妳會介意穿女僕裝拍照嗎？」

女僕裝嗎？

左容還眞沒辦法想像自己穿上會變怎麼樣，但她可以想像夏春秋穿上執事服的畫面。不，只是想像未免太可惜了，務必要讓畫面變成眞實的才行。

於是左容果斷地一口應允了。

劉意如願借到了夏春秋和左容充當模特兒，爲他的咖啡店活動拍宣傳照。在進行正式拍攝之前，他已經預想過拍完後的成品。

雖說和時下流行的菁英執事、甜美女僕是徹底迥異的風格，但有著溫馴靦腆氣質的夏春秋，相信可以激起一票女性的母性和疼愛欲。

至於左容，那身凜冽的氣勢和她本就出眾的容貌，一定能完美詮釋出何謂女僕界的高嶺之花。

然而，世界上有句話，叫人算不如天算。

看著面前換好服裝的少年、少女，劉意和既是他學妹也是這次掌鏡攝影師的白小雪，齊齊陷入了沉默。

「喔喔！不錯嘛，春秋！」身爲監護人的夏舒雁當然也有到場，她摸著下巴，對像是不知道怎麼擱放手腳的姪子比了一個大拇指，手機不忘來一張照。

「哥哥好帥氣。」想看哥哥帥氣一面、跟著夏舒雁一塊來到現場的夏蘿，學著自家小姑姑，有樣學樣地比出一個大拇指。

「妳們太誇獎了……」夏春秋有些無措地撓著臉頰，兩隻耳朵紅通通的，「左容比我還帥氣啊。」

沒錯，穿著女僕裝的左容，比穿著執事服的夏春秋還要更加帥氣。

這就是劉意和白小雪碰上的問題。

明明一頭長髮特意放下，不再梳著俐落的馬尾，身上穿的更是長度到腳踝的黑白女僕裝，然而這副打扮的左容……

令人想到的不是高嶺之花。

而是一柄散發鋒銳感和寒氣的出鞘長劍。

彷彿只要稍微靠近一點點，就會被切割得體無完膚。

「這和我知道的女僕完全是不同種生物啊，劉意學長。」體型嬌小的白小雪將劉意拉下，壓低聲音和對方說著悄悄話，「你確定這不叫人形武器嗎？」

劉意差點被嗆到，他趕忙瞄了四周一眼，確認沒人聽到他們間的談話內容才鬆口氣。

就算白小雪說的沒錯，可這話怎麼能讓當事人聽到？

「妳好歹注意一下啊，別口無遮攔的。」劉意瞪了白小雪一眼。

「我知道啦，不然我幹嘛說那麼小聲？」頂著一頭蓬鬆短髮，戴著大眼鏡的年輕女子吐了吐舌頭，「重點是，那我繼續拍囉？」

劉意被問倒了。

劉意的目光在夏春秋和左容之間不停打轉。

定裝照不是沒拍，只是拍出來的成品沒達到預想的效果。

問題當然不是在夏春秋身上。

就是左容本身的相貌和氣質，劉意事先也沒料想到，居然會有如此大的衝突感。

「劉意先生，有哪裡不對嗎？」夏春秋不是沒發覺另一邊的過分安靜，他登時更加侷促不安了。

「別擔心，春秋你很好。」安慰人的是左容，她放下拍照的手機，語氣溫和，那股鋒銳的氣質剎那間似乎柔和不少，

白小雪眼裡閃動若有所思的光芒。

「謝謝，左容妳、妳穿這樣也很好看。」夏春秋正眼對上女僕裝的左容，臉頰溫度便控制不住地上升，但仍發自肺腑地表達讚美，「很適合妳。」

白小雪眼睛倏地一亮。

「有了！」這名短髮攝影師響亮地一彈指，引來各方注視，「我知道要怎麼處理了！」

「什麼怎麼處理？小雪，妳想到什麼辦法了？」劉意一頭霧水地看著滿臉寫著「一切包在我身上」的學妹。

白小雪興致高昂地說，「既然太衝突的話，就調換過來嘛！」

「調換……」

「過來？」

身為另外兩名成年人的劉意和夏舒雁納悶地重複道。

「哥哥和左容姊姊調換？」反倒是年紀最小的夏蘿領悟到白小雪的意思。

「對對對，就是這樣沒錯。」白小雪眉開眼笑，她一個箭步竄至夏春秋和左容面前，鏡片後的一雙眼睛熱切地盯著兩人，「春秋、左容，你們願意換一下嗎？等等，我看我直接拿裙襬及膝的那套好了……啊，不用擔心，我這也有假髮的。」

一開始夏春秋還沒意會過來白小雪是要他和左容調換什麼，但從她口中吐出「假髮」兩字後，他當即覺得有如一道小型雷電兜頭劈下。

調換。

女僕和執事。

假髮。

也就是說……換換換他穿女僕裝!?

夏春秋一張清秀的臉猛地漲得通紅，反射性就想舉起手大力搖晃拒絕。

上回是逼不得已才扮女裝……他、他不想當女僕啊！而且小蘿也在這裡！

只是夏春秋拒絕的話還來不及說出口，夏舒雁已興高采烈地拍上他的肩膀。

「不錯啊，春秋，這樣你執事服穿過，女僕裝也穿過了。」

不，他一點也不想收集這種成就啊，小姑姑……

「夏蘿也想看女僕裝的哥哥。」夏蘿絲毫不曉得自己的願望帶給夏春秋多大的衝擊。

黑髮少年倒吸一口氣，看著滿懷期待瞅著自己不放的小女孩，他……

他屈服了。

論起寵愛妹妹的程度，夏春秋這個傻哥哥可是完全不輸給夏舒雁這個傻姑姑，就算說青出於藍也不為過。

見夏春秋鬆口答應，白小雪大喜過望，接著她又扭頭盯住無疑是最大功臣的夏蘿，一個主意在她腦海裡飛快形成。

「小蘿、小蘿，妳願不願意也當一回小女僕呢？」白小雪蹲下身，笑容滿面地舉高相機，「大姊姊幫妳拍漂亮的照片好不好？」

夏蘿眼睛因吃驚而睜大，人也下意識地往後退一步，小手揪住夏舒雁的衣角。

「小雪，小蘿就不需要了吧？」夏舒雁伸手安撫小姪女，爽朗地笑著推拒。

「不是，是我沒說清楚。」發現對方誤會成自己也打算讓夏蘿加進宣傳照的白小雪，忙不迭地解釋，「我只是單純想拍穿女僕裝的小蘿，我那邊剛好也有一套兒童尺寸的女僕裝。照片當然是不會外流的，只是想說難得有機會，就拍照做個留念。」

白小雪一動起這主意，就越發地心癢難耐，尤其她看夏蘿黑髮白膚、乖巧安靜，即使小臉蛋不見太多表情，但穿上女僕裝肯定格外適合。

想想，大小女僕加上帥氣執事，這簡直就讓人無法抵抗呀！

白小雪拚命朝著劉意使眼色，要他幫忙說話。

劉意被那眼刀戳得都覺得皮膚痛了，不過他也了解這學妹的性子，做事有分寸，照片說不外流就不會外流。

「雁子，不如就拍照留念一下怎樣？反正機會難得嘛。」

「唔，這要看小蘿自己的意思。」

白小雪眼睛閃閃發光地望著夏蘿。

「小蘿，妳會想穿嗎？」夏春秋也蹲下身子，溫柔地問著妹妹。

夏蘿看看左容身上的女僕裝，再看看自己的哥哥。她眨了眨眼睛，耳朵尖微微泛紅，小聲又堅定地說：

「嗯，夏蘿想和哥哥穿姊妹裝。」

姑且不論夏春秋差點被那句「姊妹裝」噎到，最後換裝完畢的他和左容，果然謀殺了白小雪無數底片。

白小雪雙眼亮晶晶的，神采飛揚，手指不停按下快門。

高挑英挺的俊美執事。

害羞靦腆的清秀女僕。

劉意徹徹底底地鬆了一口氣。這組合實在太棒了，他已經可以想像得到，當活動的宣傳照一放出去，會引來多少關注。

隨著白小雪喊出了「ＯＫ」，也表示夏春秋和左容的打工順利結束。

接下來就是私人的拍照時間了。

左容自動退到一邊，把空間讓給夏家兄妹，手機不忘舉起來，鏡頭對準一大一小的兩個人。

繫著蕾絲髮帶、穿著及膝黑白女僕裝的長髮女僕，還有一個面無表情，但仍讓人想大喊一聲萌的小女僕。

非常完美。

左容默默在心裡下了這麼一個結論，又替兩人各拍了一張獨照，決定晚點叫左易上網幫她訂兩張電影票。

至於電影票錢——

就用小蘿的女僕裝照做交換吧。

〈夏春秋的打工時間〉完

後記

醉琉璃

不知不覺間，《春秋異聞》也進入倒數階段了。蒐集完藍色系封面之後，就剩下靛色與紫色了，然後我們就可以召喚神龍了！

這次的故事回歸了靈異氛圍，聚集了我喜歡的鄉野禁忌、廢屋、鏡子，還有水等元素，以及我對蘿莉的偏愛。

回頭數一數，發現每一集還眞的都有蘿莉登場……雖然都是鬼氣森森的那種（摀臉）

關於橙華鎭的習俗，其實是來自於我以前的一個小習慣。半夜上廁所的時候，我幾乎不看鏡子，能避就避，因爲很怕在鏡子裡看到自己以外的人。現在就不怕了，不過半夜起床倒是容易被鏡子裡睡眼惺忪的自己嚇到。

照慣例，《春秋》系列每一集都會有一個角色的身分被揭開，第五集則是輪到了左家雙子。號稱人間凶器的他們，反而是貨眞價實的人類，只是血統特殊了一點，專門剋鬼用，而兩人矯健的身手則是來自母親的訓練。

除了雙子的父母現身之外，就連第一集曾在左容講的鬼故事裡出現的舅舅也一起登場了，不知道有沒有人在旅館大廳的時候就猜出了阿葉的身分呢？

不得不提的是，我一直以爲第四集的拉頁已經要讓我戴墨鏡了，結果第五集的拉頁與番外插圖，根本讓我眼前一片白啊！

保安，這兩人可以這麼閃嗎？春秋眞的要跟小蘿一起榮登女主角之位了啦XDDD

下一集，春秋一行人將要去花忍冬的家作客囉，在那裡，他們又會遇上什麼不思議事件呢？

照慣例附上感想區的ＱＲ碼，對於《春秋5》有什麼想法，歡迎告訴我喔。

春秋異聞感想專屬QR Code
歡迎大家上來聊聊唷^^

【下集預告】

春秋異聞

花忍冬家的村子正在籌備祭典，
他興沖沖地邀請夏春秋等人前來作客，
卻沒想到夏蘿竟在村裡失去蹤影！

是人爲因素，或是眞有東西在作祟？
唯一的線索只有一件被作記號的衣服。
而十五年前，傳說代神村曾有孩子被神隱……

第六夜・代神村

2017年 夏，預計登場！

國家圖書館出版品預行編目資料

春秋異聞.卷五,迷走屋／醉琉璃 著.
——初版. ——台北市：魔豆文化出版：蓋亞文化
發行，2017.04
面； 公分.（Fresh；FS132）
ISBN 978-986-94297-4-0（平裝）
857.7 106004508

作者／醉琉璃
插畫／夜風 封面設計／克里斯
出版社／魔豆文化有限公司
地址◎ 台北市103赤峰街41巷7號1樓
電話◎（02）25585438 傳眞◎（02）25585439
部落格◎ gaeabooks.pixnet.net/blog
臉書◎ www.facebook.com/Gaeabooks
電子信箱◎ gaea@gaeabooks.com.tw
投稿信箱◎ editor@gaeabooks.com.tw
郵撥帳號◎ 19769541 戶名：蓋亞文化有限公司
發行／蓋亞文化有限公司
法律顧問／宇達經貿法律事務所
總經銷／聯合發行股份有限公司
地址◎ 新北市新店區寶橋路二三五巷六弄六號二樓
電話◎（02）29178022 傳眞◎（02）29156275
港澳地區／一代匯集
地址◎ 九龍旺角塘尾道64號龍駒企業大廈10樓B&D室
電話◎（852）2783-8102 傳眞◎（852）2396-0050
初版一刷／2017年4月
定價／新台幣 220 元
Printed in Taiwan

ISBN／978-986-94297-4-0

FS132

魔豆文化　讀者迴響

感謝您在茫茫書海中選擇了魔豆，您的支持是我們最大的動力。
不要缺席喔，讓我們一起乘著夢想的羽翼，穿越時空遨遊天地！

姓名：　　　　　　性別：□男□女　　出生日期：　年　月　日

聯絡電話：　　　　　　手機：

學歷：□小學□國中□高中□大學□研究所　　職業：

E-mail：　　　　　　（請正確填寫）

通訊地址：□□□

本書購自：　　　縣市　　　書店

何處得知本書消息：□逛書店□親友推薦□DM廣告□網路□雜誌報導

是否購買過魔豆其他書籍：□是，書名：　　　　□否，首次購買

購買本書的動機是：□封面很吸引人□書名取得很讚□喜歡作者□價格便宜
□其他

是否參加過魔豆所舉辦的活動：
□有，參加過　　場　　□無，因為

喜歡出版社製作什麼樣的贈品：
□書卡□文具用品□衣服□作者簽名□海報□無所謂□其他：

您對本書的意見：
◎內容／□滿意□尚可□待改進　　◎編輯／□滿意□尚可□待改進
◎封面設計／□滿意□尚可□待改進　◎定價／□滿意□尚可□待改進

推薦好友，讓他們一起分享出版訊息，享有購書優惠
1.姓名：　　　　e-mail：
2.姓名：　　　　e-mail：

其他建議：

◎請沿虛線剪開、對摺、裝訂後寄出

◎請沿虛線剪開、對摺、裝訂後寄出

廣告回信　郵資免付
台北郵局登記證
台北廣字第675號

魔豆文化有限公司　收

103 台北市赤峰街41巷7號1樓

魔豆

魔豆